そらちあき
ill. mmu
ラブコメの悪役に転生した俺は、
推しのヒロインと
青春を楽しむ

Contents

presents by
Sorachiaki & mmu

ラブコメの悪役に転生した俺は、推しのヒロインと青春を楽しむ

そらちあき

GA文庫

カバー・口絵・本文イラスト
mmu

プロローグ
prologue

可愛《かわい》い幼馴染《おさななじみ》がいて、美人な生徒会長と仲良くて、クラスの隣の席に美少女がいるような、そんな女の子達と繰り広げる甘酸っぱい恋の物語。

俺《おれ》はそんなラブコメ作品に強い憧《あこが》れを抱いていた。

その中で最も俺の心を惹《ひ》きつけたのは『恋する乙女は布施川《ふせがわ》くんに恋してる』。

通称『ふせこい』というタイトルの学園青春ラブコメだ。

高校生の主人公、布施川頼人《ふせがわらいと》が彼に一直線な女の子達と胸焼けする程の甘々な恋愛を繰り広げるハーレムラブコメで、社畜として地獄を見ていた俺にとって唯一の癒《いや》しと潤いだった。

王道なラブコメ作品でありながら多数の悪役が登場する事でも有名で、主人公はヒロイン達と力を合わせて立ちはだかる悪役達を撃退していく。

そうしていく内に強まっていく絆《きずな》、しかし添い遂げられるヒロインは一人だけ。

主人公が抱く葛藤、ヒロイン達から告げられる想《おも》い、そんな恋の天秤に揺れ動く主人公の姿は俺の心を強く揺さぶった。その甘酸っぱい恋愛模様に胸を躍らせた。

俺が過ごした学生時代は地味で目立たない一人ぼっちの青春で、隣の席に美少女は座っていなくて、美人な生徒会長と関《かか》わる事だってないし、幼馴染にも恵まれない普通の学園生活だ。

自分で体験出来なかったからこそ、漫画やアニメの中で繰り広げられる青春はより眩《まぶ》しく見えて、羨《うらや》ましく思えて、その憧れは日に日に増していく。

そして社会人となりブラック企業に就職してしまった今。

厳しい現実に晒《さら》され続けて、肉体的にも精神的にもズタボロになるまで追い詰められる日々。

世間はクリスマスで幸せムード真っ盛りな中、俺は今日も一人寂《さび》しく仕事に向き合う。

窓の外には幸せそうなカップルがたくさんいて、街行く人々の会話には必ずと言っていい程クリスマスが絡《から》んでいて。そんな幸せな光景を街のイルミネーションが美しく照らしていた。

誰《だれ》もが笑顔で祝福し合う特別な日を、俺は一人で身を粉《こ》にして働いて過ごしている。

笑える。

悲しい。虚《むな》しい。寂しい。切ない。

どうしてこうなってしまったんだろうと後悔の念が押し寄せる。

恋愛なんて夢のまた夢、友達も恋人もいない正真正銘の一人ぼっちだ。

睡眠不足で頭は回らず、目が霞《かす》んで視界がぼやけている。

心も体も限界を迎えていた。本当に辛《つら》い。苦しい。

ただ、そんな俺にもたった一つだけ楽しみがあった。

荒《すさ》んだ心を満たしてくれる癒しがあった。

連日連夜の残業続きで終電帰りのボロボロな俺は帰宅すると、その癒しを得る為に真っ先に自室のデスクに腰掛けてパソコンの画面を食い入るように見つめる。

映し出されているのは俺が大好きな『ふせこい』のアニメ版。

一期の序盤で主人公とヒロイン達が朝の挨拶《あいさつ》を交わすという何気ないワンシーンだ。

『──布施川くん、おはようございます。今日って予定空いていますか？』

『優奈《ゆうな》、おはよう。ああ、特に用事はないけど』

『頼人！　おはよう！　あんた今週の掃除当番でしょ？　忘れてるんじゃないでしょうね』

『夏恋《かれん》、すまん。すっかり忘れてた』

『頼人さん、ごきげんよう。生徒会への加入の話、考えて頂けました？』

『おはよう、美雪《みゆき》先輩。悪い。その話はもう少し考えさせてくれ』

三人の美少女達に囲まれて眩しい青春を送る主人公、布施川頼人。

彼らの過ごす甘酸っぱい青春の物語を追体験している時だけは、辛い現実から目を背《そむ》ける事が出来て少しだけ心が軽くなった。

この作品のキャラクター達にはどれだけ救われた事だろう。

（もし、この世界で青春をやり直せたら……なんてな）

現実に目を向けたくなくて、ありえない空想の産物に思いを馳《は》せる。

後悔だけが残った青春時代。

それをラブコメの世界でやり直せるとしたら、俺はどんな青春を送りたいだろうか。

隣の席の女の子と仲良くなって楽しく過ごしたい。可愛い幼馴染なんていたら最高だ。

美人な生徒会長と仲を深めて……そんな青春を送ってみたい。

それはまさに俺が学生時代に体験してみたかった妄想。

誰にでもあるありふれた願望だ。取り返しがつかない過去への後悔でもある。

そんな馬鹿みたいな現実逃避をしながら、俺は主人公とヒロイン達が織り成す甘酸っぱい学園青春ラブコメを夢中で楽しむ。

しかし、そんな俺のささやかな楽しみも長くは続かなかった。

現実はいくら逃げても追いかけてくる。

「そろそろ……持ち帰ってきた仕事を終わらせないとな……」

俺はそっと『ふせこい』の視聴をやめて資料の作成に取り掛かる。

残業続きで休みたくても休めない地獄の毎日。しかも嫌味な上司から明日の始業までに資料を作れと無茶振りをされたせいで、今日は徹夜で仕事を進める覚悟をしなければならない。

しかも会社ではなく持ち帰りでの仕事だ。

自宅という自由なはずの空間で休む事も出来ず俺の気分は更に沈んでいく。

栄養ドリンクの蓋を取り外し、それを飲みながら資料のデータを入力していく。

けれどキーボードを叩《たた》いている途中に突然気分が悪くなって、瞼《まぶた》がとてつもなく重く感じてきてしまった。

「やべ……寝ちゃ駄目なのに……」

カフェインを摂取して睡魔を追い払ったはずなのに俺の意識は急速に遠のいていく。

体に力が入らなくなり視界が徐々に狭まり始めて、その強烈な睡魔に抗いながらも俺の意識は完全に途切れてしまった。

◆

（ああ……やらかした）

カーテンの向こうから朝日が差し込んでいて小鳥の囀《さえず》りが聞こえる。

それによって目を覚ました俺は絶望感を覚えながらベッドから起き上がった。

やってしまった。資料の作成を終わらせる前に寝落ちしてしまったのだ。

上司から延々と嫌味を言われる事が確定した瞬間だった。

時計を見れば朝7時。

いつも乗っている始発の電車にすらも乗り遅れ、始業時間に遅刻するのも確定的だった。

絶望的な状況に呆然《ぼうぜん》としながら言い訳を考える。今からどうやっても間に合うビジョンが見えずに、上司に電話をかける事さえ恐ろしくて出来なかった。

もう全《すべ》てを投げ出してこのまま何処《どこ》か遠くへ行ってしまいたい。

しかしそんな事が出来るはずもなく、俺は大きな溜息《ためいき》をつきながら洗面所へと向かう。

顔を洗って会社に行く支度《したく》を始めようと思ったのだが、その時に自分の体に起こっている異変に初めて気が付いたのだ。

(え、えぇ……?)

――鏡の前には俺ではない俺がいた。

茶色に染めた髪、耳にはいくつものピアス、鋭い切れ長の目に厳《いか》つい顔つき。身長も高いし筋肉もある。一体こいつは誰なのか。

よくよく見渡してみればここが何処かも分からない。

俺の過ごす一人暮らしでろくに片付いていなかったアパートの一室ではない、掃除が行き届いていて他の誰かと一緒に生活しているような大きな一軒家だ。

昨夜は持ち帰ってきた資料作りの途中で、デスクに座ったまま寝落ちしてしまったはずだった。しかし目が覚めたらベッドの上で横たわっていて、それも俺の記憶と異なっている。

何が何だか分からない。混乱したまま俺は自分の手を見た。

ごつごつとしている大きなその手が俺自身のものではない事は一目瞭然だった。

何かを殴ったような古い傷痕が拳《こぶし》にいくつも残っていて、派手な骸骨のシルバーリングが指にはまっている。

「ど、どうなってんだ……?」

全く知らない別の声が俺の口から漏《も》れ出す。

明らかに聞き覚えのない声色だった。しかしそれは確かに俺の声なのだ。

どうしたものかと悩んでいると、廊下の方から足音が聞こえてくる。

慌てて隠れようと思ったのだが……洗面所に隠れるスペースなどあるわけもなく、結局はそのままそこに立ち尽くしていた。

そしてゆっくりと開いていく扉。

その人物は扉の隙間《すきま》から顔を覗《のぞ》かせて言った。

「おかしいわね。洗面所で声がしたんだけど……」

洗面所に入ってきたのは、三つ編みにした髪に垂れ目の大きな瞳《ひとみ》が特徴的な女性だった。

初めて会ったはずなのにどうしてかその人物が俺の母親だと理解する。理屈はさっぱり分からないが。

それから母親(と思わしき人物)は俺の姿を視界に収めると驚いて目を見開いた。

「――って、りゅ、龍《りゅう》ちゃんが私より早く起きてる……?」

洗面所に響く大きな声。その声を聞いて俺は思わず呆然としてしまった。

いつも始発の電車に乗って会社に向かっていた俺からすれば、朝7時に起きるなんて遅すぎるくらいなのだが、知らない誰かになった俺からするとかなり早い時間になるらしい。

一体どんな生活を送っているんだ、知らない俺。

俺が困惑したままでいると、母親らしき人物は一度深呼吸してから改めて口を開いた。

「も、もしかして今日は学校行くつもりなの？　だから早起きしてるのかしら？」

「あ？　あぁ……」

「やっぱりそうだったのね！　最近、龍ちゃん学校に全然行ってなかったでしょう？　お母さん、ずっと心配してたのよ？」

「そ、それはすまなかったな……」

「うんうん。それなら身支度はしっかりね。ほら寝癖も直しておきなさい？」

「ええと、その……」

「それじゃあ朝ご飯を用意するわね。龍ちゃんが久々に学校へ行くんだもの。お母さん、腕によりをかけてご飯作っちゃうわ」

そう言って母親は洗面所を出ていく。

今の俺はかなり不良めいた風貌なのだが、母親の方は若奥様という言葉が似合いそうなおっとりとした雰囲気だ。

何が何だか分からないがとりあえず寝癖を直してキッチンへ行くと、母親が鼻歌を歌いながら朝食の用意をしてくれている。

そうして完成した朝食は味噌汁に卵焼き、ご飯が並ぶ俺の理想の朝食だった。しかもやけに量が多い。ワンプレートで出てきたそれに俺は半ば呆然とするしかなかった。

この状況に至った理由や今後の事が頭を占める中、体は空腹に耐えきれず俺はテーブルにつくと勢いよく食べ始める。

家庭の味を久しぶりに感じて懐かしい気持ちになったが、今はそれよりも現状を把握する方が先決だと考えを切り替える事にした。

どうやらこれは別の誰かの体らしい。だが昨日の記憶では俺は俺のままだったはずで。

つまりこれは夢なのだろうか？　こんなはっきりとした夢なんて見た事がないが……。

しかし仮に現実なのだとしたら、今の俺は一体誰なのだろう？

体の持ち主の記憶は殆《ほとん》ど思い出せず、自分の名前や家族の名前も出てこなくて、頭の中は霞がかったようにもやもやとしていた。

なんとか思い出そうとしていると、俺の頭の中に向けて語りかけるように、突如として何かが今の状況を説明し始めたのだ。言葉ではなく抽象的で概念的なものだが、その内容をすっと頭の中に染み渡るように理解出来た。

その謎《なぞ》の説明によれば、これは『転生』というやつで間違いない。

死んでしまった人間が別の世界に生まれ変わって、その世界で成り上がるというアレだ。

頭の中で続く説明によれば、この世界はいわゆる『ラブコメの世界』だという。

どの漫画や小説、ゲームやアニメを舞台にしているかなどは今のところ不明だが、ともかく俺は若い男女が甘酸っぱい青春を送るポップな恋愛物語の世界に転生してきたという事だ。

俺も高校や大学時代に漫画や小説、ゲームやアニメにどっぷりハマっていたし、今も熱心なオタクを自負しているから、異世界転生についても詳しいしラブコメの世界がどんなものなのかよく知っている。

まさか自分が異世界転生するとは夢にも思っていなかったが、現に俺は別の誰かになっているわけで、こうなってしまえば信じざるを得ないだろう。というかそうでなければ今の状況を説明出来ない。

でも記憶によれば俺は死んだ覚えがないのだ。

もしかして……単に寝落ちしたつもりが、あれは過労死で本当はそのまま――。

「龍ちゃん、お母さん今日は早めに仕事に行くから。戸締まりよろしくね」

「お、おう……」

母親は優しく微笑《ほほえ》むと鞄《かばん》を持って玄関へ向かう。

それから一人になった俺は現状確認の為に再び状況を整理し始めた。

俺の頭の中に響いた説明の通り、過労死して転生したというのが間違いない事実だとするなら、俺は人生をやり直すチャンスを得たわけだ。

勉強に明け暮れた結果、友人もいなかった灰色の青春時代。

それは大学に入っても変わる事はなくて、何度も面接を受けた先に就職したあの会社では、真面目《まじめ》すぎる性格を利用されて使い潰《つぶ》される毎日だった。

ラブコメの世界に転生したのなら、可愛い幼馴染がいて、美人な生徒会長と仲良くて、クラスの隣の席に美少女がいるような、ヒロインからモテモテの主人公になるのが定番だ。ここがラブコメの世界だと認識した今、そんな色鮮やかな青春に期待してしまうのは当たり前。

けれどこの厳つい風貌、健全とは言えそうにない私生活、喧嘩《けんか》をして人を殴った事もあるようで、俺はそんな華やかな主人公ではなさそうなのだ。それどころかラブコメの登場キャラのテンプレに当てはめて考えれば、今の俺ってどう見ても——。

「どう見ても、今の俺ってラブコメに登場する『悪役の不良キャラ』だろ……」

——二度目の人生もそう上手《うま》くはいかないようだ。

第一章 ✿ 悪役だって青春したい　episode 1

ラブコメに登場する悪役の不良キャラ。

それは主人公の邪魔をする為だけに存在する悲しい存在だ。

物語では主人公と比べられる為だけに現れて、読者を楽しませる為だけに容赦なく敗北するそんな役回り。

悪役のパターンは色々とあるが、とにかく主人公の前に現れて悪事を働く事に変わりはない。

その悪事がヒロインとの出会いのきっかけになったり、ヒロインと主人公の絆《きずな》を確認させたり、ヒロインと主人公の間にあった壁を乗り越えさせたりするが、舞台装置として用意された噛《か》ませ犬である事に違いはない。

そういう連中は総じて読者から同情されないよう、背景が描写されないモブキャラだったり、やる事が大きくなってくると徹底的にクズとして描かれる場合が多い。

そして例に漏《も》れず、俺《おれ》が転生してきたこの男もそんな悪役として相応《ふさわ》しい人生を歩んできた事を、完璧《かんぺき》ではないがぼんやりと思い出していた。

喧嘩《けんか》にタバコ、夜遊びで朝帰りは当たり前、授業だってまともに受けた事はない。

地頭は良かったのか普通の高校に進学出来た事だけが奇跡と言えるが、俺が転生してきたこの男はどうしようもない不良として生きてきたようだ。

おぼろげな記憶の中、思い出した自分の名前は進藤龍介《しんどうりゅうすけ》で高校一年。

さっきの女性はやっぱり母親で名前は進藤舞香《まいか》。

単身赴任をしている父親を除き、母親と二人で一つ屋根の下で暮らしている。

通っている学校の名前も通学路も、家の構造とか友人関係とか、まだ霞《かすみ》がかかったようではっきりとは思い出せないがある程度は把握する事が出来た。

だが突如として頭の中に響いたこの世界の説明も、今俺が持っているおぼろげな記憶も、どちらも情報として理解しただけで、事実なのかまではは っきりと分かっていないのが現状だ。

今までの記憶を明確に思い出す必要もあるし、ここが本当にラブコメの世界なのか、一体どのラブコメ作品を舞台にしたものなのか、それを確かめる為にも行動に移す必要がある。

真面目《まじめ》すぎる性格のせいか、こういう事はきっちり確かめないと気が済まない。

それが幸いしてか俺の気持ちはどんどん前を向いていく。

本当にラブコメの世界へ転生を果たしたというのなら、俺が今までマンガやアニメで見る事しか出来なかった華々しい青春の日々が待っているという事でもあって。

そう思うと期待で胸が高まり始める。

転生してきた直後は混乱や憂鬱《ゆううつ》な気分を感じたが、今の俺にあるのは新たな人生に対する期待と胸いっぱいの希望だけだった。

　というわけで俺は学校に向かう支度《したく》を進める事にした。

　制服に袖《そで》を通し、ネクタイを首にかけ、使っているであろう学生鞄《かばん》に手を伸ばす。

「……っ、学校にタバコとライターはいらないだろ。さすがは不良だな」

　教科書や筆記用具、財布などが入っている鞄の中に余計なものを見つけてしまう。

　学校には全く必要ない香水とタバコとライターだ。

　持ち物検査で一発アウトなラインナップに苦笑する。

　記憶にあった通りの不良生活を送っていたのは間違いないようだった。

「こういうところはまさしく不良って感じだけど、部屋の中は整理整頓されててきっちりとしてるんだよなあ」

　本棚はびっしりとマンガなどで埋められているが読み散らかされた様子はなく、机の上も綺麗《きれい》に整頓されている。部屋の隅まで掃除が行き届いていてゴミなど一つも落ちていない。

　不良なのにやたらと真面目な性格だなと思いつつ、部屋に勉強した形跡が全くないので自主学習は一切《いっさい》していない様子。そこだけは不良っぽいなと思ったりもした。

　思い出せる記憶がおぼろげな事もあって、実は大量の課題とか残っているかもしれないが、それを確かめる手段もないのが現状だ。

　ひとまず学校に行く準備を終えた俺は部屋を出てリビングに向かう。

そして改めてリビングにある鏡の前に立って自分の姿を確かめるのと同時に、ぎゅっと拳《こぶし》を握り締めて気合を入れた。

「ここから始めよう。俺は今度こそ上手《うま》くやるんだ」

前の人生は最低最悪だった。何一つ上手くいかず後悔するばかりの日々だった。

だから俺は決めたんだ。これからの人生を最高にする、もう同じ後悔はしないと。

目指すのは明るい未来だ。

その為にはこの世界をもっとよく知る必要がある。

ここがラブコメの世界だというのならば、その舞台が学校である可能性は十分にあるはずだ。

学園青春ラブコメと言えば王道の中の王道だしな。

つまりこの世界がどのラブコメを舞台にしているのか、その全《すべ》ての情報が集まっている可能性が高い。そうとなれば行動は一つ。善は急げだ、学校に行って情報を集めよう。

思い出せる学校への道のりは何となくではあるが、流石に迷う事はないだろう。

俺はその決意と共に家の外へと一歩を踏み出した。


家を出ると太陽が眩《まぶ》しかった。夏に近い春の日差しといったところか。

俺が過労死したあの時はクリスマス真《ま》っ只中《ただなか》だったはず、時間にズレがあるようだ。

そして曖昧な記憶を頼りに通学路を進むと、周囲には俺と同じ制服を着る男子高生が増えてきた。可愛《かわい》いリボンを首にかけた可愛らしい制服姿の女子高生達も見えてくる。

俺は転生する直前まで社会人をやっていた。高校生活なんて随分と久しぶりだ。

駆け抜けた青春時代をもう一度やり直すというのは少しワクワクするが、これからの学校生活が不安でもある。

俺が転生する以前の進藤龍介という男は、入学してからずっとまともな行動を取っていなかったようだ。平気で授業はサボるし、夜間には悪友とひたすら遊び回り、他校の生徒と喧嘩をしたりと問題児以外の何ものでもない。

不良として再スタートを切った俺の人生はゼロからではなくマイナスから始まっている。

教師からの評判も最悪なのは間違いないだろう。

クラスメイトからもどう思われているのか不安で仕方がない。

さっきの陽気な気分から一転、学校に向かう足取りがどんどん重くなっていく。

(いや、今の俺なら大丈夫だ……きっと)

結果だけを見れば俺の前世は散々なものだったかもしれない。

両親を早くに亡くし、兄弟もおらず、恋人もなく、ただひたすら孤独に苛《さいな》まれる毎日。

だが真面目だけが取り柄だった俺は何事にも真剣に取り組んできた。

学生時代は決して勉強を疎《おろそ》かにする事なく取り組んできたし、社会に出てからの10年間は多くの人と向き合って様々な経験を積んできた。

きっとそれは無駄じゃない。今度こそ後悔したくない。

自分の気持ちを奮い立たせて、俺はようやく校門の前に辿《たど》り着いた。

「ここが……俺が通っている貴桜《きおう》学園高校か……」

目の前にあるのは貴桜学園高等学校。

敷地が広く、校舎は新しく綺麗だ。立派な校庭に、充実した設備のグラウンド。

俺はこの場所で灰色だった青春時代をやり直すチャンスを得た。

せっかく貰《もら》った第二の人生を無駄にせず、存分に青春を謳歌《おうか》してみせようじゃないか。

そんな決意を胸に校門をくぐり昇降口へと向かう。

俺が在籍する一年二組は廊下を真《ま》っ直《す》ぐ進み、階段を上がってすぐの所にある。

教室の扉についている窓から中を覗《のぞ》き込むと、まだホームルーム前なので生徒達は思い思いに過ごしていた。

（ここはラブコメの世界って話らしいけど、俺の知ってるキャラクターっぽい人はいないな）

教室の中にいるのは殆《ほとん》どがモブっぽい生徒ばかりで、前世でハマっていたラブコメの登場人物らしき生徒はいない。

もしかしたら主人公やヒロインとなる人物は別のクラスかもしれないし、同じクラスであってもまだ登校していないのかもしれない。

（このまま教室に入っても大丈夫だろうか……？）

周りの生徒達の反応が気になる。

悪役の不良キャラが突然登校してきたら、生徒達は一体どんな反応をするだろうか。出方次第では大波乱が待っているかもしれない。

それを不安に思いながらも俺は意を決して扉を開いた。

俺の姿を捉《とら》えたクラスメイトの視線が集中し、静かだった教室がざわざわと騒ぎ始める。

ひそひそと耳元を近付けて話し合う姿も見られて、教室の中の空気が変わっていく。

中には俺と目を合わせないよう、露骨に視線を逸《そ》らす者もいるようだ。

(やっぱりこうなるか……)

今まで学校をサボり放題で喧嘩に明け暮れた不良が突然学校に登校してきたら、誰《だれ》だって警戒するのは当然だろう。

鋭い視線に突き刺されながら、俺は自分の席であるはずの場所へと歩き出す。

そこは教卓に最も近い最前列の席。

主人公やヒロインが座るであろう教室の一番奥にある窓際の席ではなく、最前列の教卓に一番近い場所というのがラブコメの脇役《わきやく》っぽさを表している気がする。

そうして俺が学生鞄を机にかけて席に着こうとした時だった。

(……え?)

廊下の向こうで聞き慣れた声が響いて俺を驚かせたのだ。

「──布施川《ふせがわ》くん、おはようございます！」

「ああ、優奈《ゆうな》。おはよう」

「今日も良い天気ですね。それであの、布施川くんは今日の放課後って予定空いていますか？」

「ん？　ああ、特に用事はないけど」

「それなら放課後一緒に遊びませんか？　行きたい所があるんです」

声の方へ視線を向けると冴《さ》えない男子生徒の前で、腰まで伸びた赤色のロングヘアを靡《なび》かせた美しい少女が踊るようにくるりと回りながら元気な笑顔を見せている。

花のように清楚《せいそ》で可憐《かれん》な少女。

その容姿は驚く程に整っており誰もが振り返るような美しさだった。

そして冴えない男子生徒と赤髪ロングヘアの美少女が話し合っていると、濃い青髪のツインテール少女が駆け寄ってきて元気いっぱいに朝の挨拶《あいさつ》を交わす。後から駆け付けた少女もこれまたとびっきりの美少女で可愛らしく整った顔立ちをしていた。

「頼人《らいと》！　おはよう！」

「夏恋《かれん》、今日も元気だな。おはよう」

「さっきの優奈との会話、聞こえてたわよ。あんた今週の掃除当番でしょ？　忘れてるんじゃないでしょうね」

「……あっ、すまん。すっかり忘れてた」

「まったくもう、しっかりしてよね。ちっちゃい頃から抜けてるところは変わんないだから。今日の掃除はあたしと二人、忘れないでね」

呆《あき》れたように溜息《ためいき》をつくツインテールの少女はきっと幼馴染《おさななじみ》なのだろう。

冴えない男子高生は申し訳なさそうに頭を掻《か》いた。

ちょうどそのタイミングで、またもやびっくりする程の美少女が姿を現す。

ウェーブのかかった長い金髪を靡かせて廊下を優雅に歩いてくる。

宝石のような碧眼《へきがん》を煌《きら》めかせて、外国人なのかと疑う程に美しい少女だ。

そして彼女も気怠《けだる》そうな男子生徒の方に近付いていった。

「頼人さん、ごきげんよう。生徒会への加入の話、考えて頂けました?」

「あー美雪《みゆき》先輩。悪い。もう少し考えさせてくれ」

「放課後、生徒会室で話しましょう。わたくしにはあなたの力が必要ですわ」

冴えない男子生徒と金髪碧眼の美少女は親しげな様子で会話を交わしている。

その光景を見て周囲の美少女達はヤキモチを妬《や》くように声を上げる。

美少女達がその男子生徒に恋心を抱いている事は一目瞭然だった。

だが彼はその事に全く気付かず、美少女達を前にして照れるわけでも嬉《うれ》しがるわけでもない。

むしろその反応は真逆、実に面倒くさそうな顔をしていた。

清楚可憐な赤髪の正統派美少女。

元気があって活発そうな可愛らしいツインテール幼馴染。

知的で美しい金髪碧眼の生徒会長。

そんな美少女達に囲まれる冴えない男子生徒。

「もしかしてこれって……」

その眩しい光景は俺にとって見覚えのあるもので、この世界が一体どのラブコメ作品を舞台にしているのかに気付くのだ。


――ここは俺がハマっていた『恋する乙女は布施川くんに恋してる』の世界じゃないか。


俺が過労死する直前まで見ていた程に大好きなラブコメ。

『恋する乙女は布施川くんに恋してる』

その主人公の名前が布施川頼人、そして彼に集まる三人のヒロイン達の特徴も完璧に一致しているし、先程のやり取りも『ふせこい』の序盤にあったシーンそのままだった。

それを見て確信する。

俺の頭の中に響いた説明の通り、ここはラブコメの世界で間違いなかった。

まさか大好きだった『ふせこい』の作中でのやり取りを、画面の向こうではなく現実で見られるとは夢にも思わなかった。異世界転生やっぱり最高――と喜びたいところだったが……

俺の心境は穏やかじゃない。ここが『ふせこい』の世界だと気付いた事で、自分が転生した進藤龍介というキャラクターについても思い出す事が出来たのだ。

（じゃあもしかして……俺が転生してきた進藤龍介って……⁉）

俺は席から立ち上がると大急ぎでトイレに駆け込む。

そして鏡に映る自分の姿を再確認して、落胆の声と大きな溜息《ためいき》を吐き出した。

鏡に映っている厳《いか》つい不良キャラ。朝に見た時もラブコメでよく見る悪役っぽいなとは思ったが――まさかそれがあいつだったなんて。

（間違いない……進藤龍介。『ふせこい』に登場する超絶悪役キャラじゃないか……‼）

主人公である布施川頼人を目の敵にしており、数々の嫌がらせを主人公に対して行う。しかし、それも主人公の成長を促す為の当て馬であり、最後は主人公によって撃退される事になる。

その後は反省して心を入れ替えたり改心したりするような展開はなく、数々の悪事を白日の下に晒《さら》されて、高校一年の三学期になったタイミングで退学処分どころか警察によって逮捕され、社会的に抹殺される未来が待っている。

（人気キャラ投票でぶっちぎりの最下位……しかも忘れられたモブキャラとかじゃなくて、純粋に読者から嫌われて最下位を取ってたんだっけ……）

とんでもない話だ。大好きな『ふせこい』の世界に転生してきたというのに、俺は破滅的な最後を迎える悪役キャラに転生してしまったのだ。

進藤龍介の役割は、その存在によってヒロイン達を窮地に立たせ、最後には主人公の手によって断罪される。そしてその悪を討った事で壁を乗り越えた主人公とヒロイン達が結ばれる為の舞台装置。つまり物語における噛ませ役の悪しき存在でしかない。

──しかしそれは俺が転生してこなければの話。

前世では真面目だけが取り柄だった俺が、この悪役へと転生した。

いくら今まで不良の道を進んできたとしてもまだ高校一年生の一学期。

主人公達によって断罪されるのは三学期でありまだ先、更生の道はいくらでもある。

そして俺には原作の知識──つまりこれから起こる未来への知識が備わっているのだ。

その知識を最大限に利用して立ち回れば、少なくとも俺が主人公達から断罪されるような結末にはならないはず。

（やってやる。まだ可能性はゼロじゃない）

俺自身の努力で破滅の未来を覆す。

たくさんの友達を作って、誰かを好きになって、可愛い彼女と一緒に青春を満喫したい。

二度目の人生を今度こそ悔いのないように、憧《あこが》れだったラブコメの世界を思う存分楽しんでやろうじゃないか。

俺は決意を固めるように拳を強く握り締めた。

主人公とヒロイン達のラブコメな光景を目にした後の事。

何事もなかったかのように授業が始まり、クラスメイト達は席に着いて静かに教師の話す内容に耳を傾け、シャーペンで黒板の文字をノートへと書き写す。

転生してきて初めての授業という事もあり緊張していた俺だが、忘れ物も特になく一限目の授業に臨む事が出来た。

だが一安心したのも束の間。

何気ない授業というのは、悪役になった俺にとっては大変なものだった事に気付く。

教師は鋭い目つきで俺を睨《にら》んでいて『サボり放題だったお前が登校してくるなんて珍しいな』とか言ってくるし、授業になるとあからさまに俺ばかりを狙《ねら》って当ててくる。

(俺としては目立ちたくないんだけどな……)

こうして不遇な扱いを受けると、自分が悪役である事を嫌でも意識させられてしまう。

教室という狭い空間の中で孤立無援、文字通り敵ばかりに囲まれたような状態だ。

クラスメイト達から矢のように鋭い視線が飛んできて居心地が悪くなってしまう。

けれどここで問題をしっかり答えなければ、教師から怒られるのは目に見えていた。

さっさと問題を解いて目立たず静かにしていよう。

(応用とちょっと引っ掛けが入ってる問題だけど大丈夫だな。これぐらいなら楽勝だ)

そうして黒板の前に立ってチョークを手にすらすらと問題の答えを書いていく。

すると背後からさっきとは違う不思議な視線を感じて振り返ると、クラスメイト達が目を細めながら何やら呟《つぶや》いていた。

「おい、あの問題答えたぞ。進藤って勉強出来たのか？」

「なんか意外ね。あいつってサボり魔だったのに」

「本当。今まで遊んでただけで、勉強なんてまともにしてなかったんでしょ？」

「不思議。なんで今の答えられるんだろう」

ひそひそと聞こえてくる話し声。

誰もが俺を見ながら驚愕《きょうがく》していて、信じられないものを見るかのような視線を向けてくる。

俺としてはちょっとした問題を解いただけのつもりだったのだが、クラスメイトの中であの問題を解けた人は俺以外に誰一人としていなかったらしい。

それに俺が転生する以前の進藤龍介という男は教師に反抗的だったし、まともに授業を受けた記憶もない。そんな人物が誰も解けなかった問題を悩む事なくスラスラと解いてみせたのだ。驚かれるのも無理はなかったのかもしれない。

しかし日頃の行いが悪すぎたせいだろう。教室から聞こえるざわつきは好意的なものではなく、問題を解いた俺の事を気味悪がっているような反応だった。

これを覆す為には長い時間をかけて信頼を得ていくしかない。

席に戻った俺は気を取り直すと、再びシャーペンを持って真面目に授業を受ける。

そして授業の内容に耳を傾けながら、ちょっとした情報収集も並行して進めていた。

俺が集めている情報とは、この物語の主人公とヒロインについてだ。

前世で得た『ふせこい』の登場人物についての記憶を呼び覚ます。

まずは物語の主人公、布施川頼人についてだ。

作中では窓際の一番後ろの席に座っていて、その記憶と全く同じ位置で彼は授業を受けていた。見た目は平凡な黒髪黒目、いつもだるそうにしている一般的な男子高校生といった感じで間違いない。しかし優しくて気が利《き》き、ここぞという時に頼りになる天然の女たらしでもあり、美少女達からモテモテなラブコメ作品の王道主人公を体現している。

(布施川頼人がすぐそこにいる……。すげえ、本物だ……)

俺はラブコメを楽しむ時、主人公に自己投影して楽しむタイプの人間だ。

そうして主人公の恋愛模様を追体験しては、ヒロイン達との間で揺れ動く想《おも》いに感情移入して心を震わせる。主人公の影となって頑張る姿を応援したり、一緒にヒロイン達との甘々な時間を楽しんだり。

そんな俺が主人公と同じ空間にいる事の高揚感は凄《すさ》まじいものだった。

共に歩んだ原作での日々を思い出すと目頭が熱くなってくる。

更に周囲を見渡せば、物語のヒロイン達がすぐそこにいるのだ。

原作ファンとして歓喜しないわけがない。

主人公の隣の席に座る赤髪ロングヘアの正統派ヒロイン、花崎優奈《はなさきゆうな》。

彼女は成績優秀で品行方正、見た目も清楚可憐で『ふせこい』の人気投票でも常に1位の大人気ヒロインだ。天然でドジっ子なところもあり、そのあざとくも可愛らしい姿が視聴者達の胸を打った。

前の席に座るのは幼馴染ツインテールこと姫野夏恋《ひめのかれん》だ。

おっとりしている花崎優奈とは対照的な存在で、明るく活発で運動神経抜群なスポーツ系女子。幼馴染というポジションという事もあって出番も多く、少しツンとしているが健気《けなげ》に主人公を想い続ける姿がファン達の心を鷲摑《わしづか》みにしていた。

学年が違うのでここにはいないが学園の生徒会長を務める桜宮美雪《さくらみやみゆき》というヒロインもいる。

廊下で布施川頼人を生徒会に誘っていた彼女だ。

イギリス人とのハーフで金髪碧眼の高嶺《たかね》の花的な存在、美しさや性格、能力において全てに優れる完璧超人である。更に親は大企業『桜宮グループ』の会長という正真正銘のお嬢様。

この他にも癖《くせ》の強いサブキャラはたくさんいるが、物語の中心人物となるのはこの辺り。

俺の記憶の中にある登場人物と特徴が完璧に一致し、名前も一緒となればここが『ふせこい』の世界であるのは間違いない。

今も授業中であるにも拘《かか》わらず、原作にあった主人公とヒロインのイチャつきを披露しており、その全てが俺の記憶の中の『ふせこい』の物語と合致する。

アニメ一期の序盤のシーンを生で見れて感動する一方で、戸惑いのような感情も抱いていた。

主人公とヒロインが授業中にイチャつく光景、リアルで見ると違和感の塊なのだ。

実は一番後ろの窓際の席というのは教師から見て結構目立つ。

教卓に立つと分かるのだが、最も目立たない席は死角になりやすい最前列の端の席。

一方で後方の席というのはよく見渡せるので何をしているのか分かってしまう。

そんな席にいながら、布施川頼人はヒロイン二人と授業中でも構わず話をしている。

本人達は小声のつもりなのかもしれないが、最前列の俺の席まではっきりと聞こえてくる声量だった。そもそも美少女二人が楽しげに話しているだけでも目を引くというのに、それでも一切の注意を受けない様子を見て、これがラブコメ世界の常識なのだと再認識する。

主人公とヒロインの間で会話がないとラブコメは成り立たない。黙々と授業の光景を描写しても映えないし、結局そうなると授業中でも構わず話し続ける事になる。しかしそれを周りのクラスメイトも授業を進める先生達も、全く気にしないのだから不思議なものだ。

前世とは全く異なる授業の様子に違和感を覚えながらも、俺は黒板の内容をノートに写して静かに授業の内容に耳を傾けた。

主人公達の情報は無事に集める事が出来たし、ここからは授業に集中した方が良いだろう。

悪役の不良キャラという立ち位置を脱しない限り、俺の学園生活はきっと悲惨なものになる。

友達は作れないし、青春なんてないし、それでは前世で歩んだ後悔だけの毎日を繰り返す事にしかならない。だからまずは俺自身が更生する必要がある。

進藤龍介という男はこの世界においてまごう事なき不良であるが、転生してきた俺は不良とは程遠い真面目な人生を過ごしてきた。

つまり転生してきた俺の努力で進藤龍介という悪役を変えていけばいい。

真面目で誠実な優等生に更生して、一度目の人生では送れなかった最高の青春を過ごしたい。

その為にもとにかく授業は真面目に受ける必要がある。

寝ない、サボらない、授業中に私語はしない。

教師の説明に相槌《あいづち》を打ちつつ、しっかり勉強しているアピールも欠かさない。

俺はひたすら真面目に授業を受け続けた。しかし、いくら頑張ってみても周りは気味が悪そうに俺を見ているだけで何の進展も感じない。

だが継続は力なり。これはやり続ける事で意味を成す。

その意気込みを以《もっ》て授業を受け続けていると、午前中の時間があっという間に過ぎていき昼休みになった。

転生直後で慣れない事をした為かどっと疲れが溢《あふ》れてくる。

昼食を食べたら軽く昼寝でもしようか。良い天気だし屋上で弁当を食べるのも良いかもな。

そう思って支度をしていると窓際の席から明るい声が聞こえてきて俺は手を止めた。

「布施川くん。今日は良い天気なので屋上でお昼にしませんか？」

「優奈、いいなそれ。じゃあ行こう」

「嬉しいです。日向《ひなた》ぼっこしながらゆっくりしましょうね」

「頼人！　あたしね、お弁当作ってきたんだ！　食べてくれるよね？」

「もちろん。夏恋の作ったものは何でも美味《おい》しいからな」

「ふぇっ⁉　う、うん……えへへ」

主人公とヒロイン二人のやり取りを見て、俺はそれを羨《うらや》ましく思いながら考えを改めた。

原作でも校舎の屋上は主人公とヒロイン達が仲良く過ごす憩いの場としてよく使われる。

そこに悪役である俺が現れてしまったら雰囲気は台無しだ。

主人公とヒロイン達の甘々な空間に水を差す事になる。

(脇役は脇役らしく。けれど悪役っぽい振る舞いはとにかく無しで行こう)

俺がこの学園生活で何より重要だと考えているのは、主人公やヒロイン達と関《かか》わらない事。

下手に関わって嫌われたら原作通りの展開になってしまうし、原作ファンとしても主人公達の甘酸っぱい恋愛模様を邪魔したくない。もちろんあの輪に加わりたい気持ちもあるが『ふせこい』の聖域とも言えるあの空間に俺を乱入させるわけにはいかない。

自分が悪役だという事を今はしっかりと自覚して、主人公達の邪魔をしないよう大人しくするべきなのだ。

教室で弁当を食べて机に突っ伏しながら昼寝して、午後からの授業を頑張る事にしよう。

そうして鞄の中に手を伸ばして——俺は重大なミスを犯している事に気が付いた。

（しまった……弁当忘れた……！）

俺が転生する以前の進藤龍介という男は、学校に来て授業を受けるという当たり前の行動をしてこなかった。

母親も久しぶりの登校を喜んでくれて朝食まで用意してくれていたが、弁当を作るという部分にまで気が回らなかったようで俺だってすっかり忘れていた。

こうなると空腹を満たす為には食堂へ行くしかないだろう。

しかし食堂も『ふせこい』では度々イベントの舞台となっていた。主人公達が屋上に向かっていったのは確認しているから何もないと思うが、用心するに越した事はない。

俺は食堂の隅っこで誰にも気付かれないよう昼食をとる事に決め、財布を握り締めて教室を後にするのだった。


食堂の隅で俺は一人でうどんを啜《すす》っていた。

俺が転生したラブコメの世界、『恋する乙女は布施川くんに恋してる』。

その主な舞台となっている貴桜学園高校。

この学校は生徒数が多く校舎が広い。

食堂もその例に漏れず広々としていて、たくさんの生徒が利用していた。

背景と同化したモブキャラの中に紛れて、俺はひたすらうどんを口に運んでいく。

食堂を見渡せば、そこにいるのは『ふせこい』で見た覚えのある生徒達。

(あれは生徒会役員の東條宏《とうじょうひろし》、作中屈指のインテリキャラで主人公の邪魔をしてくる悪役だ)

生徒会長である桜宮美雪が主人公の布施川頼人を好いている事に嫉妬《しっと》して、主人公に嫌がらせをしてくるキャラクター。

平凡な成績である布施川頼人は学園一の秀才である桜宮美雪には相応しくないと、東條は二人の関係を引き裂こうと邪魔をしてくる。しかし主人公との期末テスト対決で敗北し、最後は桜宮美雪と主人公の純愛ぶりを見て身を引くという切ない男なのだ。

(あっちは新聞部の田上康介《たがみこうすけ》だな……。何かスクープでもあったんだろうか?)

牛乳瓶《びん》の底みたいな分厚い眼鏡《めがね》をかけた少年がタブレットを片手に唸《うな》っていた。

彼は新聞部の部長であり、いつも学校新聞のネタを探して学園中を駆け回っている。

多くの人達を釘付けにするような記事を書くのを生き甲斐としているらしく、スクープを狙って色々な事に首を突っ込んでいた。

そこで一人の男子生徒が学園のアイドルとして知られる花崎優奈、姫野夏恋、桜宮美雪の三人の美少女を侍《はべ》らせて好き放題しているという噂を聞いて飛びついてくる。生徒達は田上康介がスクープしてきた学校新聞に釘付けとなり、新聞部への注目度も上がっていく。

しかし、膨れ上がりすぎた田上康介の承認欲求。

彼は自分が目立ちたいが為に布施川頼人とヒロイン達の捏造《ねつぞう》記事を連発し始め、それを断罪されて新聞部の信用は失墜するという、かなり残念な運命を辿る事になる。

それ以外にも主人公とヒロイン達に絡《から》んでくる脇役や、クラスの地味なモブキャラなど様々な生徒達が食堂にはいた。

（は〜……すっげえなあ）

一人一人のキャラクターを思い出していくだけで、俺が大好きだった『ふせこい』の世界に転生してきたのだと実感する。

前世では何度繰り返し見たか分からない、そしてアニメでは決して見る事の出来なかった脇役達の生きている姿、それをこうして見る事が出来る幸せを原作ファンとして感じていた。

（でも……この脇役達の中で、一番の悪役キャラが俺なんだよなぁ……）

他の脇役達とは比べ物にならないくらい原作ファンからヘイトを集めるのが俺、進藤龍介だ。

――事の発端は冬休み。

金稼ぎになると悪友から紹介されたバイトを始め、それが巷《ちまた》で話題になっていた裏バイトとは知らずに龍介は犯罪行為に加担する事になる。

龍介は親の車を勝手に運転して遊び回っていた過去もあり、無免許ながら運転出来る事を悪友に知られていた事が災いした。

高校生だけで構成されたグループに入れられた龍介は、同年代の少年達と共にとある人物を

『迎えに行く』という指示を受けて車を走らせる。

ただ車を運転するだけで金が貰えると気楽に思っていた龍介だが、それが誘拐という犯罪行為の片棒を担《かつ》ぐ事なのだとは知る由もなかったのだ。

バイト代を受け取る為に車を走らせる中、巻き込まれたのは『日本でも有数の大企業【桜宮グループ】の会長の一人娘である桜宮美雪の誘拐』という大きな犯罪だ。

自分が大きな犯罪の片棒を担いでしまった事を誰にも相談出来ず、龍介は桜宮美雪を誘拐した犯人の一人としてどんどん底の見えない闇《やみ》の中へ堕《お》ちていく。

（まさか物語のヒロインの一人を誘拐するだなんて。そんなの絶対に成功するわけないのに）

桜宮グループの会長の一人娘、桜宮美雪はこの学園の生徒会長であり物語を彩《いろど》るヒロインでもある。そんな彼女を誘拐して主人公である布施川頼人が黙っているはずがない。

誘拐された桜宮美雪を救出する為に、主人公の布施川頼人はヒロインの花崎優奈と姫野夏恋と共に動き出す。

そして勇気を振り絞った少年と少女の活躍によって桜宮美雪は無事に救出され、悪事に手を染めた龍介は警察によって逮捕される。それから数々の悪事が白日の下に晒されて、その後に物語から完全に退場するのが原作の結末だ。

元から主人公に対して数々の嫌がらせを繰り返す悪役なので、物語から退場する事にそこまでの悲壮感はない。

アニメの視聴者達からも嫌われて、人気投票でも最下位なのがこの俺、進藤龍介なのだ。

そんなどうしようもない悪役に転生した事で落ち込んでいたところだったが、今は『ふせこい』の世界を間近で見る事が出来て、どちらかと言えば嬉しい気持ちが勝っていた。

そうして原作ファンとして至福の時間をうどんと共に味わっていると、俺の視界に物語の新たな登場人物の姿が映り込んだ。

（あの子は……）

思わず席から立ち上がってしまう。

食堂にいる生徒達の何人かが驚いて俺の方を振り向いたが、そんな事は気にもならなかった。

俺の視線は彼女の姿に釘付けになったまま、まるで足が床に根を生やしたかのように動く事が出来ず、ただ呆然《ぼうぜん》と立ち尽くしてしまう。

遠目で見ても分かる程に目を惹《ひ》く美しい少女だった。

ギャルっぽい見た目と言えば良いのだろうか。明るく染め上げた髪をサイドテールに結び、小洒落《こじゃれ》た雰囲気のアクセサリーがきらりと輝いていた。

そんなギャルっぽい見た目に反して少女は背筋をピンと伸ばして歩く。

その真っ直ぐな姿勢や雰囲気からは育ちの良さといったものを感じさせた。

そうして箸を持ったまま突っ立っている俺の姿が目立ってしまったのだろうか。

ギャルっぽい見た目の美少女は空いた席を探す為にきょろきょろと食堂の中を見回してい

て――俺と目が合った瞬間に天使のような可憐な声を響かせたのだ。

「――わっ！　マジ⁉　龍介が学校にいるっ⁉」

明るい笑顔で俺の方へと駆け寄る少女。今まで会ってきた他の生徒達と違い、どうしようもない悪役の俺に対して嬉しそうに声を弾ませる。

遠目で見た時でさえ可愛く思えた少女は近くで見るとその何倍も可愛くて、こんな美少女から突然絡まれて俺は驚くしかなかった。

整った目鼻立ち、桜色に潤む唇、きめ細かい白い肌、染めて彩られた金髪は奇跡のように美しく煌めき、澄んだ青い双眼はまるでサファイアのような輝きを放っている。

真面目さを感じさせない少し着崩した制服に、ブラウスのボタンを開けて豊かな胸の谷間が見えて、スカートも短いので白い太ももが惜しげもなく晒されていた。

爪《つめ》は豪華なネイルアートが施されていて耳にはピアスが光っていて、サイドテールにまとめた髪がギャルっぽさを更に引き立てている。

そんな明るい雰囲気を持つ少女は八重歯が見えるくらいに満面の笑みを浮かべていた。

（この子、めちゃくちゃ可愛い……）

ヒロイン達に匹敵《ひってき》する程の美少女に見つめられ、俺は緊張のあまり言葉が出てこない。

どうして悪役の俺なんかに声をかけてくるのだろうか、困惑と疑問が入り交じる。

少女は呆《ほう》ける俺の顔を正面から覗き込み、青い瞳《ひとみ》を悪戯《いたずら》っぽく輝かせた。

「龍介、隣座っていいー？　龍介が学校来てるなんて超意外だし」

「……っ」

「無視すんなし、聞こえてるくせに！」

「ど、どうぞ……」

「どうぞ、って龍介なんか様子が変じゃん。まあ龍介が学校に来てる時点で変だけどねー」

彼女は俺の返事を聞くと、快活な笑い声を上げて隣の席に座ってきた。

俺のその少女が誰なのか、『ふせこい』の原作知識の中から照らし合わせてみる。

この特徴的な見た目は……まさか。

このギャル系女子は主人公側のヒロインじゃない。

彼女は主人公達の邪魔をする為に用意された悪役で名前は——甘夏真白《あまなつましろ》。

真白は主人公達が二年生に進級した後、本格的に物語に登場し始めるキャラだ。

進藤龍介の幼馴染という設定があり、主人公達が進藤龍介を退学させた事を恨んで復讐の為に動き出す。だがその復讐が叶《かな》う事なく、最後は彼女も進藤龍介と同じように断罪されて物語から退場——社会的に抹殺される結末を迎えてしまう。

そんな真白は紛れもない悪役であるが、俺と違ってファンからの人気が高いキャラクターだった。失ってしまった幼馴染の為に復讐を誓い、彼の事を想って主人公と敵対する姿に胸を打たれたファンが多かった。

一年生編の敵となる俺が同情の余地のない悪役だったのに対して、二年生編の敵となる真白は複雑な感情を織り交ぜて主人公達に立ち向かっていく。

物語がワンパターンにならないよう主人公達との確執を掘り下げた結果だ。

そうして真白の作中の動向を思い出したのと同時に、進藤龍介として彼女と一緒に遊び回った記憶がおぼろげに浮かび始めていた。どうやら『ふせこい』の設定と同じように、進藤龍介は真白ととても仲が良いようだ。

そんな事を考えながら席に着くと、隣に座った真白はじっと俺の顔を覗き込んでいた。

「龍介さ、RINE送ったのに返信ないし、電話しても出ないし心配してたの。小金《こがね》と大林《おおばやし》も心配してたし、そしたら学校来ててびっくりしたし、しかも龍介がぼっち飯とかウケるんだけど。ていうか龍介が食堂でご飯食べてるの初めて見たかも」

無邪気な笑顔を浮かべる真白はアニメで見ていた時とかなり印象が違う。

アニメの真白はもっとこう鋭い目つきで主人公の布施川頼人にガン飛ばしてたと思うのだが、幼馴染の進藤龍介に対しては明るく愛嬌のあるギャル系女子といった感じだ。

進藤龍介の記憶の中にぼんやりと浮かぶ真白も、遊んでいる最中は笑顔を絶やさずこうやって元気に喋《しゃべ》り続けていた。

けれど真白の軽快なトークに俺は上手く返事が出来ない。

俺が転生する以前の進藤龍介なら仲良く出来たんだろうが……今はとてもじゃないが無理だ。

俺が前世で過ごした青春時代を思い返せば、彼女のようなギャル系女子と接点を持つような事は一度たりともなかった。どういう風に話せば良いか分からないし、下手をすれば進藤龍介の中身が転生してきた俺によって大きく変わっている事もバレかねない。

それに今の俺は悪役を脱却して破滅する未来を回避したい。

俺が原作で破滅した要因となったのは悪友達との繋《つな》がりだ。

原作の進藤龍介のように怪しいバイトに手を出すつもりは一切ないが、知らず知らずの内にそういった面倒事に巻き込まれてしまう危険性は捨てきれない。

そこまで考えた上で、今はなるべく真白と関わらない方が良い、という結論に至った。

俺はうどんを箸で持ち上げながら、落ち着いて聞こえるように返事をする。

「悪い、真白。今日は気分が優れない。お前と話す元気もなくてさ。悪いな」

「え、龍介ってば具合悪いの？　それなのに学校来ちゃうとかやばっ。いつもならサボって気分転換にカラオケとか行っちゃうじゃん。熱出てるのとか関係なしにさ」

真白の話す内容を聞きながら進藤龍介のあまりの素行不良っぷりに苦笑いを浮かべる俺。

風邪を引いたなら横になって休んでいろよと心の中で自分自身にツッコミを入れつつ、どうにか話を切り上げようと苦心する。

「ごめんな。今はそんな気にはなれない。だから俺の事は気にしないでくれ」

「ええー本当に大丈夫？」

「ああ、問題ない。大丈夫だ」

「あ、分かった。何か企《たくら》んでるんでしょ！　じゃなきゃ龍介が学校来るとかありえないしっ」

「そういうのじゃないんだ。本当だ」

「ふーん。あっそ、分かった」

俺が必死に訴えると真白は納得してくれたのか、立ち上がって何処《どこ》かに向かって歩いていく。離れていく背中に何故《なぜ》か少しだけ寂《さび》しさを覚えてしまい、俺は頭を振ってそれを振り払った。

原作での未来を考えれば悪友との関わりは極力避けていかなければならないはずだ。

それにこうして距離を置く事は、真白に訪れる破滅の未来を遠ざける事にもなる。

彼女が破滅したのは進藤龍介が原因だと言っても過言じゃないからだ。

そんな原作の結末を知っている俺が真白との関係を続けようとするのは、彼女の未来を台無しにしてしまう事に他ならないと思った。

これは必要な事なのだと自分に言い聞かせ、一人でうどんを啜っていると――。

「話の途中でどっか行っちゃってごめんね。龍介がうどん食べてるから、わたしもうどん食べたくなって注文しちゃった！」

まさか戻ってくるとは思っていなくて動揺する俺。

一方でにひひと笑って俺の隣にどんぶりの入ったうどんをトレイごと置く真白。

そして手を合わせた後、割り箸をパキッと割って麺を啜り始めた。

「龍介とはファミレスとかラーメン屋さんとかでいつも食べてたけどさ。こうやって学校で一緒に食べるのも悪くないね。龍介はどう？　美味しい？」

「……」

「無視すんなし、聞こえてるくせにー！　ほんっと龍介ってばわたしにいつも冷たいよねー。無視ばっかりしてさっ！」

「え……？」

「え、って何、えって！　小学生の頃からの仲なんだからさー、もう少し優しくしてくれたっていいじゃんっ？」

不満を口にしながらも楽しそうに話を続ける真白。

その姿を見て思うのだ。まさか転生する以前の進藤龍介も真白に対して冷たい態度を取り続けていたのだろうか。それなら俺がいくら突き放すような態度を見せても、決して彼女は俺の傍《そば》を離れようとしないはず。

（なるほど……未来ってのはそう簡単に変えられないわけか）

この世界での俺はどうしようもない悪役だ。

俺の登校に監視の目を光らせる教師や、軽蔑《けいべつ》し続けてくるクラスメイト。決して俺から離れない悪役不良ギャルの真白。

俺が悪役を脱却して自分自身を塗り替えようとしても、未来を変えるというのは途方もなく難しいものなのかもしれない。

となれば俺がするべき事は一つだけではない。

自分を変えるだけでなく、俺を取り巻く環境そのものを大きく変える必要があるわけだ。

やはり悪役として転生した俺の第二の人生はかなりハードモードみたいだ。


真白からの軽快なトークを聞きながらうどんを食べ続ける俺。

彼女にはたくさんのギャル系の友人がいるようで、食事の途中で俺の席の周りがギャルだらけになった。

真白以外のギャル達からも進藤龍介は不良として有名人らしく、悪役としての立場を確固たるものにしているのを再認識する。俺が学校にいる姿を見て夢か幻を見ているんじゃないかと、それはもう散々な言われようだった。

だが真白だけは俺に優しい言葉をかけてくる。

いくら俺が彼女に冷たく接しても離れないのは小学生からの幼馴染という関係故らしい。

幼い頃から二人が育んだ絆は固く、ちょっとやそっとじゃヒビさえ入らないようだ。

これがラブコメの主人公側の話なら俺と真白で甘酸っぱい青春を送れるのだろうが、悪役サイドである俺達の場合は少し事情が違う。

「龍介、聞いてよー。生徒会長の桜宮先輩がね、風紀が乱れるからってわたし達の服装を注意してくるんだよ。おかしくない？　この学校の校則じゃ服装も髪も自由にしていいって決まりじゃんっ」

「真白ちゃんも言われたの～？　あたしもさっき廊下で注意されたよ、スカートの長さとか髪の色とか。うちの生徒会長ってマジうざいよねー。言うだけ言って屋上行っちゃうし」

「真白っちと菜々《なな》っちも？　それヤバくない？　ボク達は校則の範囲で好きにやってるのにさ～、マジやだ～」

ギャル達が愚痴を言い合っているのを聞く限りだと、彼女達はヒロインの一人である生徒会長、桜宮美雪と敵対する立場らしい。

俺の知る悪役を任された不良ギャルの活躍と言えば、才色兼備で性格も良いヒロインを妬《ねた》み『調子乗んな！』と詰め寄ったり、気に入らないという理由でヒロインを精神的に追い詰めたり意地悪したりと、そういう悪事を働くパターンが定番だ。

だがその悪事は総じて主人公によって阻止されるか断罪されて、主人公とヒロインの仲を縮めるイベントとして消化される。実際『ふせこい』の中にもそういった展開があった。

今話している服装の問題で桜宮美雪と揉《も》め、ギャル達は後から来た布施川頼人によってこてんぱんに論破されてしまう。

要するに。

ここにいる俺達は揃《そろ》いも揃ってただの噛ませ犬で、そんな俺達の間で発生する関係は恋愛のような甘酸っぱいものではない。主人公と戦う為の悪の結束といったところなのだ。

そしてその先にあるのは絶対的な敗北、いくら巧妙に策を練って主人公達を引きずり降ろそうとしても、迎える結末は必ずバッドエンドに収束するはずだ。

それが原作にもあった未来の光景で、俺達はどうやっても主人公とヒロインとの絆を深めるイベントの、乗り越えられる壁にしかならない。

その結末を知る俺は悪役ムーブを絶対にしないと心に決めていた。

主人公とヒロイン達が繰り広げるラブストーリーの邪魔は決してせず、俺は彼らとは遠い所で恋をして幸せな青春を送りたい。

今こうして彼女達との関係が続けば続く程、いずれ訪れる悪役としての終幕に苦しむ事になるのは目に見えている。

なんとかしてこの悪の結束から抜け出し、破滅する未来を回避して、俺の理想とする幸せな青春を送らなければ。

明日からは彼女達に絡まれないよう弁当が必要だろう。

食堂での食事は危険、それがはっきりと分かったからな。

再び決意を固めた俺は空になった食器を持って立ち上がる。

「真白、俺は戻るから。じゃあな」

「龍介？　まだ昼休み30分くらいあるじゃんっ！　もう戻っちゃうの？」

「ああ。授業まで寝たいからな」

「授業って……龍介が学校に来てるだけじゃなくて、授業まで受けてるって。嘘《うそ》、本当に何があったの？　何か悪いものでも食べた？」

「俺は健康だぞ。ただ昨日は夜更かしする羽目になって、今めちゃくちゃ眠いんだ」

「なるほどー。龍介は夜更かし常習犯だもんねっ。昼夜逆転生活が龍介の基本だし」

信じられないという顔で俺を見つめてくる真白だったが、俺が眠そうに目を擦《こす》る姿を見て納得する仕草を見せる。

こうして真白が驚いている理由も分かるのだ。

俺が転生する以前の進藤龍介なら授業なんてサボり放題だっただろう。でも今は違う。

転生してきた俺は悪役ではない違う人生を進む。

今までの様子から考えると内申点だって最悪そのものだろう。それを何とか挽回する為にも真面目に授業を受ける事で、俺自身が幸せになる努力が必要なのだ。

食堂に集まったギャル達を置いて、俺は一人で返却口に食器を戻して教室へと歩き始める。

俺が廊下を歩くと周囲の生徒は怖がったり、ひそひそと話し合ったりするのだが、とにかく今は我慢が大事。悪役として乱暴な行動をしても絶対に良い事はない。

まずは優等生を目指していこう。

そうして教室に辿り着いた俺は自分の席で突っ伏すように昼寝を始める。

今頃《いまごろ》、屋上では主人公である布施川頼人とヒロインである花崎優奈と姫野夏恋、桜宮美雪の四人がラブコメらしい会話をしているはずだ。

(羨ましいよな。屋上のベンチで美少女に囲まれて、お弁当を食べさせっこするなんてさ)

爽《さわ》やかなそよ風が吹く屋上、青空の下で繰り広げられる恋愛模様。

肩を寄せ合って微笑《ほほえ》む四人。そんな青春の1ページを過ごせる主人公が羨ましい。

俺は今までずっとそんな眩《まばゆ》い光景に憧れを抱き続けていた。

そして夢にまで見たラブコメの世界に転生してきた今、その憧れを現実に出来るという希望が確かにそこにある。

(悪役だって青春したい。頑張って主人公みたいな幸せな青春を送るんだ)

悪役に転生してきたとしても、真面目に努力し続ければ夢は叶えられる。叶えてみせる。

大好きな『ふせこい』の世界に直接触れた事で俺の感情はより一層高まっていく。

悪役として破滅する未来を回避して幸せな青春を摑《つか》み取る為、進藤龍介に転生した俺は真面目に頑張るのだ。

その強い決意と共に俺は瞼《まぶた》を閉じて眠りにつくのだった。

それから昼寝で多少の寝不足を補い、午後の授業も真面目に受ければ放課後になっていた。

今日、こうして学校に来て多くの収穫が得られた。

ここが本当にラブコメの世界だった事。

その舞台が『恋する乙女は布施川くんに恋してる』だった事を確認出来た。

それに俺がこの世界で置かれている立ち位置もはっきりと認識した。

俺、進藤龍介は主人公とヒロイン達の邪魔をする為だけに存在する悪役で、原作では主人公達と敵対して破滅する未来にある。

そして周りからの評価も最悪で、教師達だけでなくクラスメイト達からも酷《ひど》い嫌われようだった。真面目に授業を受けているだけなのに、精神的な疲労はここ最近で一番な気がする。

俺の事をどうしようもない不良だと皆が認識している今、ちょっとやそっとの事ではその評価は覆らないだろう。

しかし周りがどうあっても俺は決めたのだ。

真面目に頑張って、俺はこの世界で幸せを摑み取ってみせる。

バッドエンドしかない未来を必ず覆して青春を謳歌してみせるのだと。

その為に何をすべきなのか思案しながら夕焼けに染まった通学路を歩いていた時だった。

後ろから聞き覚えのある声がして、とんっと背中を叩《たた》かれた。

「やほやほ、龍介。一緒に帰ろうっ」

「……真白、またお前か」

振り返るとそこには見慣れた金髪ギャル、真白がいた。

にひひと笑う彼女は俺の隣に並んで歩き出す。

「ねねっ、これからラウワン行って遊ぼうよ！　今日は珍しく学校来たし、その記念にわたしが奢ってあげるからさ！」

「いや、今日は遠慮しておく」

「えー、じゃあカラオケはどう？　終わったらわたしのアパートで遅くまでゲームしよう」

「それもパスだ」

「えっと……あ、じゃあファミレスでご飯は？　食べ終わったら別の場所で……」

「ごめんな。今日はこのまま家へ真っ直ぐ帰るよ」

断り続けると真白は立ち止まる。

俺が振り向いた先の真白は心配そうな目で俺を見つめていた。

「……どうして？　今日の龍介なんかおかしいよ？　いつも冷たいけどさ……遊ぼうって言ったら断る事はなかったじゃん。一緒に夜遅くまで遊んでさ……なのになんで急に」

ここまで健気に遊びに誘ってくれる真白に対して、冷たい態度で断るのには理由がある。

それはこの先、俺にとって、真白にとって重要な事なのだ。だから罪悪感に胸を痛めながらも誘いを断り続ける。

「悪いな真白、それどころじゃないんだ」

「それどころじゃないって……。小金や大林にも連絡返さないのはそれが理由って事？　龍介てるわけ!?」

の周りに何かあって、それを解決しようとしてる感じだけど……もしかして誰かと喧嘩とかし

真白は顔を青くして俺の両肩を掴む。そして俺を揺すりながら必死の形相で訊《たず》ねてきた。

「違う。俺はただそういう遊びに興味がなくなったんだ」

「興味がなくなった、ってどういう事？　いきなりそんな――説明してよ！」

納得出来ないのか、声を大きくする真白。だが俺には説明する事など出来なかった。

俺の知る原作の内容の通りに未来が進んでしまえば、俺と真白は最悪の結末を迎える事になってしまう。

そしてそれを告げる事は難しい。それを聞いた真白は必ず困惑するし、何なら頭がおかしくなったと病院にでも連れて行かれるかもしれない。

だが俺は何としてでも破滅する未来を回避し、この世界で真っ当で幸せな青春を謳歌したい。

その為に出来る事を全て実行しておきたかった。

「真白。お前とは長い付き合いだけど、今回の事は説明出来ないんだ」

「そんな、龍介……」

悲痛な表情を浮かべる真白の手をそっと振り払う。

(頼む……破滅させたくないんだ)

こうして俺が拒絶するのは真白の未来の為でもある。

原作の彼女は俺が破滅という結末を迎えた後、俺を追うように破滅する道を辿ってしまう。

進藤龍介を闇に落とした裏バイトのリーダー的な存在からそそのかされ、幼馴染である進藤龍介を断罪した主人公達への復讐を誓い、彼女もまた悪役として立《た》ち塞《ふさ》がり――やがて主人公達に敗北して物語から退場する事になるのだ。

だがここで俺達の関係を断つ事が出来れば、真白が幼馴染の為に破滅する未来を回避出来る可能性が生まれてくる。

前世で『ふせこい』にハマっていた時から、真白のバッドエンドだけはどうしても受け入れられなかった。失ってしまった幼馴染を想い奮闘する姿には心を打たれた。

複雑な境遇の中にいて、葛藤の日々を送る彼女。

悪役の運命に縛られながらも、決して屈する事なく立ち向かい続ける姿は眩しくて。

俺はそんな真白を破滅の道へ進ませたくなかった。俺が破滅する未来を回避出来なかったとしても、せめて真白にだけは原作のような悲しい結末を迎えて欲しくない。

そんな感情を抱いた俺が何も知らない顔をして真白との関わりを続けるだなんて……それは真白の幸せな未来を願う自分の気持ちを裏切る事になる。

だから俺は真白から嫌われたとしても、原作の未来を変えなければならないと思った。

(ごめんな、真白)

俺は心の中でそう呟いて真白の青い瞳を真っ直ぐに見つめる。

「なあ真白、今までずっと黙っていた事があるんだ」

「何？」

「俺、実はギャルがあんまり得意じゃないんだ」

「へ……？」

「派手でチャラついた見た目がどうにもな。ずっと黙っていたが清楚で大人しい方が好みだ。金髪に染めた髪より普通の黒髪が好きだし、着崩した制服よりもしっかりと制服を着て欲しいと思う。濃い化粧だってあんまり好きじゃないな。俺の理想の女性は真面目な清楚系だ」

「りゅ、りゅうすけ？」

「だから俺はお前の事が苦手だ。もう関わらないでくれ、じゃあな」

呆然と立ち尽くす真白にそう告げると俺は再び歩き出した。

真面目な学生生活を過ごしていた俺からすると、ギャルに馴染《なじ》みがないのは本当だ。けれど食堂で初めて真白を見た時、その外見に嫌悪感を覚える事は一切なかった。

それどころか目を奪われる程に可愛くて、俺はずっと真白の事を目で追っていた。

八重歯を見せる笑顔が可愛くて、くるくると変わる表情が魅力的で、周りを明るくさせる性格も俺の好みで。

それでも最悪の未来を変える為に俺は真白を突き放す。

このまま原作の運命通りになってしまったら、きっと真白は幸せになれないから。

――だけどその直後、アスファルトを駆ける音が聞こえてきて、それは俺の隣で鳴り止《や》んだ。

「なーんだ。だから龍介ってばわたしに冷たかったわけ？　それならもっと早く言えば良かったじゃんっ、黙ってないでさー」

その声の方へと視線を向けるとそこには真白がいた。

彼女はいつも通りの様子で俺を見上げて、あの時のように八重歯を見せて無邪気に笑う。

「……っ、今の聞いてなかったのか？」

「え、聞いてたよ。びっくりしたし、ガチやばって思った。いきなり好きなタイプの女子を暴露するとか、龍介ほんっとやばいって」

「じゃあどうして平気でいられるんだよ。俺はお前が苦手だと言ったんだぞ」

「わたしと龍介ってば小学生からの付き合いじゃん。ていうかわたしの事が苦手なの前から知ってたし。だっていつも冷たいもん、龍介。でも何だかんだ優しくしてくれるよね。今だってわたしの為を思って突き放そうとしてるんでしょ？　理由は分からないけど……龍介すごく悲しい顔してるから、わたしすぐに分かっちゃうんだっ」

真白は元気な笑顔を絶やさず、俺の瞳を真っ直ぐに見つめながら言うのだ。

「ま、でも収穫あったからおっけー。なるほどね、わたしの事が苦手な理由が見た目の問題なら話は簡単じゃん」

真白は自分の髪を指先で弄《いじ》りながら俺に微笑みかける。そして両手を広げてくるりと回ってみせると、彼女は自分の姿をアピールし始めた。

スカートの裾《すそ》がふわりと浮いて白い太ももがちらりと見える。

彼女はそれを気にもせず、にひひと無邪気な笑みを浮かべて俺にこう言った。

「待っててよね、龍介の苦手を克服してくるからさ」

「……は？」

「それじゃあ遊ぶのはまた今度。わたしもすぐお家帰って色々と準備したいし、龍介も忙しそうだし。明日も学校来るならよろしくねっ」

「お、おい、真白──！」

俺の声を無視して走り去る真白。その背中を見つめながら不思議と理解してしまう。

小学生から続く進藤龍介と甘夏真白の絆は、どうやっても断ち切れるものではなかったのだ。いくら冷たくしても苦手だと告げても、彼女はあの明るい笑顔のまま俺の傍を離れない。

俺達はやっぱり一緒に破滅する運命にあるのか。

それとも俺と真白の二人で運命を覆し、幸せになる方法が他にあるというのか。

その方法は今の俺には分からない。

今の俺にとって確かなのは──この先もずっと甘夏真白という少女は進藤龍介の幼馴染であり、二人の絆は何があっても決して断ち切れはしないという事だけだ。

◆

家に帰ってきた俺はキッチンに立っていた。

さっきまではベッドで横になって考え込んでいたのだが、色々と考えすぎるあまり頭が痛くなってきたのだ。なので気分転換を兼ねて夕食の準備に取り掛かっている。

転生した俺が引き継いだおぼろげな記憶によれば、母親は夜遅くまで働いており、父親は単身赴任で家に帰ってくる事はまずない。

俺が転生してくる以前の進藤龍介は外が暗くなっても家に帰らず遊び呆けていたのだが、今の俺はそんな事をするつもりはない。家に帰ってからやる事がたくさんあるからだ。

学校の教師は俺の事が嫌いなのか色々と手厳しい。

授業中は他の生徒に構わず俺を何度も当ててくるし、ずっと監視の目を向けてくる。

高校一年の授業内容なら前世で死ぬ程勉強してきた俺にとって答えるのは造作もない事なのだが、万が一答えられないとなれば大きな隙を見せる事になってしまうだろう。

それに今までずっと不真面目な学校生活を送っていた事で課題もたんまり溜《た》まっていた。

これも綺麗さっぱり消化して早急に提出する必要がある。

と言っても詰め込みすぎるのは体に毒だ。前世の俺は詰め込みすぎるあまり過労死してしまったからな……流石にそんな結末を二度目の人生で迎えるのは勘弁願いたい。

よって適度に息抜きしながら勉強を進めるつもりだ。

あとは真白の事だ。彼女が別れ際に告げた言葉が頭からずっと離れない。

真白が俺の為に何をしようとしているのかは分からないが、今後は出来るだけ彼女に近付かないよう努めるべきだと思う。幼馴染である真白に訪れる悲しい結末を退ける為にも。

そうして今日の事を振り返りながら夕飯の準備を進める。

実は俺、前世では料理をするのが好きだった。就職して残業続きの毎日を送る前は欠かさず自炊をしていたし、大学時代は好きが高じて喫茶店のバイトで厨房に立っていた。だからある程度の自信を持っていて、今の俺なら高校生とは思えないレベルの料理を作る事も可能だ。

という事で今日の夕食は冷蔵庫にあった挽き肉を使ってハンバーグでも作ろうと思う。

肉種をこねて形を整えてからフライパンで焼くと香ばしい匂《にお》いが漂ってくる。

それと肉汁を使ってソースを作るのも忘れない。

ケチャップやソースでもいいんだが、個人的にはデミグラスソースが一番好きだ。

赤ワインもあったしここまで材料が揃っているなら使わない手はないだろう。

後は付け合わせの野菜を盛り付けて完成。

一緒に作ったスープも深皿に注《そそ》いでおけばいい感じの夕食の完成だ。

そうして夕飯が出来上がったタイミングで、玄関の方から扉を開く音が聞こえてきた。

「ただいま。あら……？　なんだかとてもいい匂いがするわね？」

どうやら母さんが帰ってきたようでスリッパの音と共にキッチンへやってくる。

俺が夕飯の用意をしている姿を見て、母さんは目を丸くして啞然《あぜん》としていた。

まあ当然の反応だろうなと思う。

俺が転生する以前の進藤龍介は遊び呆けていてこんな時間に帰宅しているなんて事は滅多にないし、家族の為に夕飯を用意した事だって一度もなかったのだから。

「りゅ、龍ちゃん？　な、何しているのかしら……？」

「母さん仕事で疲れてるだろうし、夕飯くらいは作っておこうと思って。……あ、冷蔵庫にあった赤ワイン使ったんだけど、もしかしてダメだった？」

心配になったのでそう尋ねると、母さんは頭をぶんぶんと左右に振って答えた。

「そ、それは全然構わないのだけど、インスタントのお味噌汁か、カップラーメンしか作った事ない龍ちゃんが……本当に？」

母さんはテーブルの前に立ってそれはもう驚いていた。並べられた立派な夕食とそれを作った俺を交互に見ながら、信じられないものを見たような顔をしている。

「これ、龍ちゃんが作ったの……？」

「今日はちょっと気分転換がしたかったんだ。折角だから母さんにも喜んで欲しくて。たまにはこういう日があってもいいだろ？」

俺はそう言いながら鞄と上着を受け取って母さんを椅子《いす》に座るように促す。

母さんは呆然としながら席に着いて、それから声を絞り出すように告げてくる。

「龍ちゃんが……私の為に……？　こんなに美味しそうな料理を……作ってくれた？」

「まあね。母さん、いつも俺の為に遅くまで頑張ってくれてるだろ。俺は部活に入ってないし、これからは早く家に帰って家族の為に時間を使おうと思ってさ」

「りゅ、龍ちゃん……」

「とりあえず食べてみてくれよ。今日作ったのは自信作なんだ」

「そ、そうね。それじゃあ頂こうかしら」

母さんは緊張した面持ちで箸を手に取り、ゆっくりとハンバーグを口に運ぶ。

その様子を固唾《かたず》を呑《の》んで見守っていると、母さんは食事を口に含んだ直後に目を大きく見開いて俺を見つめる。

それから突然ぽろぽろと大粒の涙を流し始めた。

「え⁉　もしかして不味《まず》かった⁉」

「ふ、ふええ～ん……。美味しい、美味しいよぉ……」

「えっと……美味しいのに泣いてるの？」

「う、うう。ごめんね、涙が止まらなくて……」

母さんは泣きながらハンバーグを食べる。

いきなりの事で狼狽《うろた》える俺だが「ふえぇーんっ……」と子供みたいに泣きじゃくる母さんを見て、とりあえず落ち着くように背中を優しく撫《な》でてあげた。

「だ、大丈夫？　美味しいならそれでいいんだけど……」

「美味しいだけじゃないの……龍ちゃんが私の為に頑張ってくれたのが嬉しくて。龍ちゃんがいい子になってくれた事が何よりも幸せで……」

涙を流しながらも母さんの表情は本当に嬉しそうで、そんな母さんを見ていると俺も涙が零《こぼ》れそうになる。この人にもっと喜んで欲しいと心からそう思ってしまった。

前世では俺の両親は早くに亡くなって、育ててくれた恩を返そうと思ってもその願いは叶わなかった。

その後悔は俺の心に深く残っている。だからこそ生まれ変わって第二の人生を歩み始めた今、前世で叶わなかった親の喜ぶ顔を今度こそ目に焼き付けたいと思った。

そしてその気持ちはちゃんと言葉にして伝えなければならない。

俺は母さんの瞳を真っ直ぐに見つめてゆっくりと言葉を紡《つむ》ぐ。

心からの感謝と家族への愛情を届けられるように。

「色々あって心を入れ替える事にした。夕食だけじゃなく家事とかも任せてくれ、母さんには今までたくさん迷惑かけたからさ」

「うん、うん……。本当に心を入れ替えてくれたのね。お母さん嬉しいわ」

母さんは瞳を潤ませながら大きく頷《うなず》いて、最後は俺の頭を撫でてから笑顔を見せてくれた。

俺も笑顔で母さんに応えてテーブルの向かい側に座り、手を合わせて食事を始める。

それは味見した時となんら変わらないはずなのに、とても美味しく感じられたのであった。

(これからも母さんが笑顔でいられるように頑張ろう)

母さんが嬉しそうに笑う姿を見ながら俺は誓う。

俺が物語の悪役という立ち位置を脱却する為には、善行を一つずつ積み重ねていかなければならない。俺が決してバッドエンドを迎えるような人間でない事を証明する必要がある。

その為にもまずは家族からの信頼を取り戻さなければならないだろう。

それから母さんと二人きりの食卓はとても和やかなものとなった。

こうやって一歩ずつ着実に、この世界で幸せな青春を謳歌する為にも、俺は努力を続けていかなければならない。

そんな決意を新たにした家族との時間だった――。


夕食を終えた後、俺は食器を片付けて母さんにお風呂《ふろ》へ入るよう勧めた。

母さんは仕事で疲れているし朝も早い。

ゆっくりお風呂に浸《つ》かって疲れを取ってもらおうと勧め、その間に俺は自室に戻って大量に残っている課題の消化に取り掛かる。

机の前に座って黙々とペンを走らせていくと、その途中でふと体がむずむずと何かを求めている事に気が付いた。視線が勝手に動いて、それはベッドのすぐ横に置かれているダンベルに吸い寄せられてしまう。

（もしかして……この衝動は俺の体が筋トレを求めているんだろうか？）

転生した直後から思っていた事だ。進藤龍介という男は不良であるが、単に不健康な生活を送っているとは思えない程に筋肉がついている。

その事から考えられるのは『この肉体は日常的にトレーニングを行っているのではないか』というものだった。それもかなりのハードメニューをこなしている。

健康志向ならタバコを吸ったり未成年のうちから酒を飲んだりはしないはず。となればこの体に習慣付いた筋トレの目的は健康とは別にあるはずだ。その理由は一体何かと部屋を見回していると、本棚に詰められた大量の不良漫画が目に留まる。

ずらりと並んだ不良漫画の背表紙を見ているだけで無性に心が昂《たかぶ》り、憧れの気持ちが膨れ上がってしまう。

「お、おいおい……ま、まさか、こ、こいつ⁉　不良漫画に憧れたって理由で、あんな極悪行為に手を染めてたのかよ⁉」

これは原作で決して語られる事のなかった裏設定だ。

どうして進藤龍介が不良の道に足を踏み入れたのか。

俺はその原因となったのが、進藤龍介の中で渦巻く強い負の感情によるものだと思っていた。例えば社会に対して不満を抱き、その不満をぶつける為に不良になったのだとか、家庭内の複雑な事情から現実逃避する手段として不良の道を選んだとか、そこに深い事情があるとばかり思っていた。

何故なら進藤龍介は『ふせこい』に出てくる最強最悪の悪役で、極悪非道の限りを尽くした末に破滅する男だからだ。

そんな悪役の背景にあったのが――不良漫画への憧れから来る衝動だっただなんて。

「ふせこいの原作者、そこはもっとちゃんと設定を練ってくれよ……！」

俺の中の進藤龍介へのイメージは木《こ》っ端微塵《ぱみじん》に砕け散った。

実はもっと緻密な設定があって、あの凶悪な男も不良になってまで誰かを救いたいだとか、そういう何かがあったんじゃないかと期待していた部分もあったのに。

意外とお茶目というか……ちょっと天然なところがあったんだなと、進藤龍介へのイメージが大きく変わったところで今更ながら原作を読み返したい気持ちになった。

実はこいつ、不良漫画にハマってるだけなんだぜ……と思いながら、作中で不良行為を繰り返す進藤龍介の姿を眺めてみたい。多分シュールな笑いに誘われるだろう。

「でも不良漫画に憧れて、普段から筋トレしていたのは好都合だよな」

ラブコメにはバスケやサッカーで良いところを見せつけてヒロイン達から憧れられる展開が

あったりする。タバコや酒をやめて健康な体を取り戻せば、この鍛えられた肉体は悪役を脱却して自由な恋愛を始めようとする時にもきっと役に立つはずだ。

そう思った俺は一旦《いったん》課題を中断して、体が求める筋トレを開始する。

前世の体と違って重いダンベルがすいすい上がる。

腹筋だってずっと止まらずに出来るし、スクワットや背筋などの筋トレも難なくこなせる。

流石は作中屈指の悪役キャラ。

主人公に悪の立場として立ち向かうだけあって運動神経も抜群かもしれないな。

「きっと努力する方向を間違えていたんだろうな。しっかりしているところも結構あるし」

転生してきて初めに感じた事だが、進藤龍介の部屋というのは妙な落ち着きがある。

綺麗に整理整頓されていて、自室では一切タバコは吸わないのか煙の臭いが部屋にこびりついている感じもなかった。本棚に並んでいる漫画はどれも不良漫画ばかりだったが、細かくジャンル分けして並べられていて探すのに手間取るという事もない。

きっと進藤龍介は根が真面目なのだ。

しかし進むべき方向を間違えて非行少年になってしまう。

その部分を矯正して真面目で健全な青少年として努力を積み重ねれば、俺は真っ当な青春を送る事が出来るかもしれない

そんな希望を抱きつつ、俺はひたすらに汗を流し、息が乱れてきたら今度は机に向かって勉

強するのを繰り返す。

それをずっと続けていたかったが、転生してきた初日という事もあってまだ夜の9時になってもないのに眠くなっていた。

頑張りすぎて寝坊して明日の学校に遅刻するのは本末転倒だ。

今日はほんの小手調べ。明日からが本番だと自分に言い聞かせながら、俺はシャワーを浴びに空いた風呂場へと向かうのだった。

第二章 ✿ 最強の美少女

episode 2

翌日、俺《おれ》は朝の6時前から起きていた。

早起きした理由は朝から洗濯物を干したり、掃除をしたり、弁当を作る為である。

昨日は進藤龍介《しんどうりゅうすけ》として初めての登校だった事もあり昼食について失念していた。学食は食費がかさむし、バイトもしていない今の俺にとって負担が大きすぎる。という事で昨日の残り物を使ってお弁当を作り、ランチクロスで包んで学校に持っていく事にした。

「ふわわぁ～。あら……龍ちゃん、もう起きてるの？」

「おはよう、母さん。弁当を作るついでに朝食の用意もしたんだけど食べる？」

「ほわわぁ～……うん、食べるぅ……」

眠そうな顔で母さんは頷《うなず》いてテーブルの前に座り、俺が作った朝食を眠そうな目で見つめながらトーストした食パンをもそもそと食べ始める。

母さんは普段から朝が弱いのだ。

俺が朝帰りしてきた時にいつも目にする母さんの姿は、朝の弱さに耐えながら家事を終わらせようとしている姿で、パジャマから着替えず寝ぼけ眼で朝の準備を済ませている。

仕事で疲れ切って寝起きでどれだけ辛《つら》くても頑張る母さん。

進藤龍介はそんな母さんを置いて遊び呆《ほう》けており、父さんも単身赴任で母さんはいつも一人だった。寂《さび》しそうにしている母さんの姿を進藤龍介の記憶の中で見た時は、この人の為にも早く不良から更生しようとより決意を強くしたものだ。

「母さん。洗濯物も干してあるし、ゴミ出しとかも済ませておいた。あと母さんの分のお弁当も用意済みだから、仕事行く前に忘れず持ってくれ」

今まで母さんがしていた家事は全部俺がしておいた。

これで仕事を頑張る母さんの負担を少しでも減らす事が出来ただろうし、これからはもう一人じゃなくて支えてくれる家族が傍《そば》にいる事を実感出来るだろうから。

母さんもきっと喜んでくれているだろう。

俺が頬《ほお》を緩ませていると、母さんはうるうると瞳《ひとみ》を潤ませて声を震わせていた。

「ううう、龍ちゃんが自分からお母さんの家事を手伝ってくれる日が来るだなんて。お母さんは……お母さんはっ、嬉《うれ》しいわ……っ。こんなにいい子に育ってくれて涙が出る程嬉しいっ！」

「大袈裟《おおげさ》だなぁ。ちょっと早く起きて手伝っただけじゃないか」

「ぐすっ……ほ、本当にお母さんは幸せ者よ……。龍ちゃんが心を入れ替えてくれてお母さんは幸せだわ……」

感動して鼻を啜《すす》る母さん。

よっぽど俺の事を心配してくれていたのだろう。

ずっと苦労をかけていたわけだし、もっと頑張って母さんに恩返ししていかなければ。

朝の時間を有意義に過ごした後、俺は学校に行く支度《したく》を整えて制服に袖《そで》を通す。

今日は転生してきて二日目だ。

何事も起きないよう立ち回って平穏な時間を過ごさねば。

そうして玄関で靴を履《は》いていると、扉の向こうから人の気配を感じた。誰《だれ》かいる……？

宅配便にしては早すぎるし、母さんはまだ仕事に出かける準備をしている。

では一体誰なのか、恐る恐る外に出て——俺は驚いた。

そこにいたのは二人の男。

虎みたいな黄色と黒のストライプに染めた髪、日サロで焼いた褐色の肌、耳にはピアスをいくつも着けて、厳《いか》つい顔つきをした男と、同じようにピアスをたくさん付けた金髪の軽薄そうな見た目の男が家の扉の前に立っている。

その内の一人が口を開いた。

「龍、どうしたんだよ。制服なんて着ちまって。もしかして学校行くつもりなのか？」

「お、おう……？」

俺が引き継いだ進藤龍介としての記憶と、前世からの原作知識が重なる。

家の前に立っている二人の男は進藤龍介の悪友、小金拓哉《こがねたくや》と大林満《おおばやしみつる》。

彼らと進藤龍介は中学の頃からの付き合いで同い歳《どし》。中学時代は朝も夜も遊び呆けた仲で、違う高校に進んだ今も不良仲間としての関係はずっと続いている。

やがては進藤龍介を裏バイトに誘い、悪役として破滅するきっかけを生み出したキャラだ。

そんな悪友の突然の登場に俺は驚きを隠せなかった。

戸惑っていると金髪の男、大林満が心配そうな表情で俺の肩に手を伸ばした。

「龍介、オレ達心配してたんだぜ？　スマホでどれだけ連絡しても返事ないしよ、マジで何があったんだ？」

「満の言う通りだ。連絡が付かないからおれ達、心配で家まで来たんだぞ」

「あー……そういえばスマホ、放ったらかしにしてたな」

昨日、スマホにたくさんの通知が来ていた事は知っている。

転生してきた直後に進藤龍介がどんな人間か知る為にもチェックしていて、着信履歴やＲＩＮＥなどに大量に送られてきたメッセージも一通り目を通しておいた。

記憶が曖昧な状態で下手にメッセージを送っても怪しまれそうで、返信は送らずに放置していたのだ。まさかそんな事で心配して家まで来るとは思ってもいなかったが。

しかし困ったな……昨日の内にスマホで適当にはぐらかしておくべきだった。

俺は悪役を脱却して、破滅する未来を回避したい。そんな俺が不良キャラである小金と大林の二人と仲良くすれば、俺が思い描いた理想の青春は遠ざかっていく一方だ。

とりあえず誤魔化《ごまか》して学校に向かおう。遅刻するわけにはいかないのだから。

「すまんな、満、拓哉。そろそろ学校に行かないと色々やばそうで。そういう事で悪いんだけど俺、これから学校行くからさ」

「龍、お前もう学校とかどうでもいいって言ってたろ？　退学、停学、留年構わないってさ」

「そうだぜ、龍介。学校辞めたらまた一緒につるんで遊ぼうって話だったじゃねぇか」

「あー……そんな事、言ったっけか……」

これはヤバい。俺が転生してくる以前の発言を引き合いに出されて説得されている。このまついていけば原作と同じ展開になりかねない。

何とかこの窮地を脱しようと俺は悪友二人の説得に取り掛かった。

「でもさ、あれだよ。ほら、色々あったじゃん？　今は真面目《まじめ》に学校に通わないとって思うようになってさ。うん、そう、マジでさ」

あー語彙力。語彙力が足りない。

「今までサボりまくっていた奴《やつ》が何言ってんだよ……。ともかく遊び行こうぜ。今日は親父の車が空いててよ。運転は任せるからな、龍介。ドライブだ、ドライブ！」

「龍、きっと楽しいぞ。でかいゲーセンまで行って遊んでよ、夜は酒でも買ってオレん家で宅飲みのいつもの感じだな」

俺は二人の話す内容に苦笑を浮かべるしかなかった。

無免許運転に未成年飲酒を堂々と宣言していて、こんなのバレたら即退学のような内容だ。

どうやって断ろうかと悩んでいると、玄関の向こうから事態を解決する救世主が現れた。

「あら、龍ちゃん。まだ学校行ってなかったの？」

玄関の向こうから現れたのは母さんだった。

母さんは俺の隣に立って小金と大林をじろっと見上げる。

「あらら？　満ちゃんに拓ちゃん、どうしたの？　龍ちゃんに何か用？」

「おおー舞香《まいか》さん。聞いてくれっすよ、龍が急にノリ悪くなったんすよ」

「そうっす、舞香さん。急に学校へ行くって言い出しておれ達も困ってんすよ」

俺の母さんを名前で呼ぶ二人。

どうやら母さんは俺の悪友と知り合いらしい。

厳つい不良キャラが二人も前にいるのに臆する事なく話しかけている。

「さては龍ちゃんから聞いてないわね？　あのね、龍ちゃんは昨日から心を入れ替えて真面目に学校行く事にしたのよ？」

「心を入れ替えたってマジっすか？　急にそんな……」

「今はお家の事だって手伝ってくれるんだから。満ちゃんも拓ちゃんも、龍ちゃんみたいに心を入れ替えて学校行きなさい。いつも遊んでいる真白ちゃんも毎日学校行ってるでしょ？」

「あいつは根が真面目なんすよ。夜遅くまで遊んでも次の日は学校行ってるんで。酒も飲まないしタバコも吸わねえし、オレが酒飲もうとするとめちゃくちゃに怒るんすよ？　まあ心配してくれてるんだろうけど」

「うんうん、真白ちゃんの言う通りね。私も若い頃はやんちゃしたから、あなた達にどうこう言う資格はないかもしれないけど。少しは真白ちゃんの言う事を聞いてあげなさい？」

おっとりとしながらも有無を言わせない迫力ある口調に小金と大林は言葉を詰まらせた。

それから小金と大林は俺の耳元で囁《ささや》く。

「ま、舞香さんって元ヤンだから怒らせるとおっかねえんだよな……」

「全くだぜ……とっくの昔に引退してるけどよ、スケバンの総長として数々の偉業を成し遂げたレジェンドだからな……」

なるほど、だから小金と大林は母さんに対して強く出られないのか。

アニメの視聴では全く得られなかった情報に、原作ファンとして興味津々な俺。

あらあらうふふと上品に笑ってる母さんだが、不良界隈《かいわい》では伝説として恐れられているんだなんて。もしかすると進藤龍介が不良漫画にハマったのも、母親の影響を受けたからなのかもしれない。一方で父親はどんな人なのだろうと気になったりもした。

そうして物思いに耽《ふけ》っていると母さんは俺を見つめながら言う。

「それにしても真白ちゃん、いい子よね。昨日もＲＩＮＥでお話ししたの。龍ちゃんが学校に来たってすごく喜んでいたのよ。今日も来てくれるかなって楽しみにしてるんだから」

「え、母さん。真白と連絡取り合ってるのか？」

「まあね。私にも懐いてくれて本当に可愛《かわい》くて仕方がないのよ？　昨日もおすすめの美容院のお話や、メイクする時のコツとか色んなお話をしたの。ふふ、楽しみにしてなさいよ、龍ちゃん。きっとびっくりするんだから」

「びっくりするって……何が？」

「それは女同士の秘密ね。うふふ、真白ちゃんのおかげで私も若返った気分だわ」

女同士の秘密って何なのだろう。というか意外な繋《つな》がりだ。真白が母さんと連絡を取り合っていて、俺が学校に来た事を嬉しそうに報告しているなんて。

俺が驚いていると小金と大林の二人も不思議そうにしながら母さんに尋ねていた。

「珍しいっすね……最近の真白、全然元気なかったんで。いっつも暗い顔してたんすよ？　なのに舞香さんの話だとえらく上機嫌って感じで。何かあったんすかね？」

「そうね。最近は落ち込んでいる事が多くて私も心配してたの。でも昨日は元気いっぱいに龍ちゃんの話をしていて私も嬉しかったわ」

俺が昨日見た真白は母さんが言うように明るくて元気で、俺に満面の笑みを浮かべてくれる可愛い女の子だった。真白が暗い表情を見せたのは俺の様子がおかしいと気付いた帰りの時くらいで、一体どういう事なんだろうと首を傾《かし》げていると、小金と大林が顔を見合わせていた。

「暗かった真白が急に元気にな……。ん、もしかして龍介……お前？」

　小金と大林は頷き合うと、大きな溜息《ためいき》をついて俺の肩に手を当てる。

「ったく。ようやくその気になったかよ……だから学校に行き始めたんだな、お前」

「は？　え……？」

「満、おれもそう思うぜ。長かったよなあ……ほんと真白相手にツンツンしてよぉ、あれじゃいつか愛想尽かされるって思ってたぞ……良かったなぁ龍介！」

「すまん……ちょっと待ってくれ、何を言ってるのか分かんないぞ……？」

「照れるなって。お前、やっと真白に惚《ほ》れたんだろ？　だから心を入れ替えて学校へ行くようになったんだよな？　それを真白も喜んでるって、つまりそういう事だろ？」

　俺はぽかんとして二人の顔を見る事しか出来なかったが、小金と大林はうんうんと頷きながら笑顔を浮かべていた。そして二人は俺の背中を思いきり叩《たた》いてくる。

「親友の恋路を邪魔する程、オレ達も馬鹿《ばか》じゃねえよ。むしろ祝福してやりてえぐらいだ」

「へへっ、龍。幸せになれよ。舞香さんも龍が困ってたら相談乗ってやって欲しいっす。こいつ喧嘩《けんか》はバチクソにつええけど恋愛はクソ雑魚なんで」

　小金と大林の反応を見て母さんはあらあらと口に手を当てて笑う。

「そういう事だったのね、龍ちゃん～！　これも全部真白ちゃんの為だったのね～。お母さんも応援しちゃうんだから！」

　俺は訳が分からず三人の顔をそれぞれ見た。

いや、みんなが何を言っているのかは分かるのだ。俺が幼馴染《おさななじみ》の真白に惚れて、彼女の為に心を入れ替えて真面目になったと、三人はそう思っている。

けれど実際はそうじゃなくて、俺は真白と距離を置こうと思っている。

彼女の破滅する未来を回避する為に必要な事だと思ったからだ。

(でもこの勘違いは俺にとって好都合かもしれない……)

悪友である小金も大林も、俺の恋を応援するという名目で学校に行く事を肯定してくれている。これで俺は悪友とのしがらみから解放されてある程度自由に動けるはずだ。母さんも俺の突然の変化に驚いていたが、俺が恋をした事で変わったのだと解釈してくれている。

――よし、これなら行けるかもしれない。

俺は内心の動揺を隠しつつ、にっこりと微笑《ほほえ》みながら口を開いた。

「そ、そうなんだ。真白との関係を変えようと思ってな。俺もようやく自覚したというか」

「ひゅーひゅー！　熱いねえ、龍介！」

「龍がデレたぞ！　お前が真白に対して真剣になってくれるなんて……おれ達嬉しいぜ」

「ああ、俺も頑張るつもりだよ……。だからあいつと会う為にも学校へ行く事にした。すまんな、満、拓哉。だからお前達の誘いを断るしかなかったんだ……」

俺は申し訳なさげに頭を掻《か》いた。すると小金と大林は感極まったように声を上げる。

「龍介……すまんな、そうとは知らずに無理やり誘ってよ」

「くうっ！　おれは感動したぜ！　お前達の幸せを願ってるからな！」

「やっと龍ちゃんが真白ちゃんの想《おも》いに気付いてくれて、私も涙が止まらないわ～」

「お、おう……。み、みんな、応援してくれてありがとう」

俺は適当に返事をしながら、心の中でガッツポーズを取っていた。悪友の二人に対して俺が学校に行く理由付けをする事が出来た。これできっともう邪魔は入らない。

「んじゃ、龍介。また今度遊ぼうぜ」

「オレと拓哉も龍と同じ学校だったら、お前と真白がイチャつく姿を見れたんだけどなあ」

「満ちゃん、拓ちゃん。私達は遠くから二人の恋を見守ってあげましょうね。龍ちゃん、真白ちゃんの気持ちを大事にしてあげるのよ？」

「あ、ああ……分かった」

俺は引き攣《つ》った笑みを浮かべながらも何とか言葉を返す。すると三人は満面の笑顔で手を振りながら、それぞれの行き先へ向かっていった。

「……ふう。なんとか誤魔化せたか」

俺は安堵《あんど》の溜息をつきながら歩き出す。

こんな形でも悪友とのしがらみを抜け出して、母親からの理解を得られたのは大きい。

今のところ順調に悪役脱却に向かって進んでいるところだが油断は禁物だ。

俺は改めて気を引き締めながら学校へと向かうのだった。

◆

一番後ろの窓際の席は今日もまた眩《まぶ》しいくらいだった。

「頼人《らいと》さん、今週のお休みはわたくしと一緒に海へ行きませんか？　実はわたくしの親戚がプライベートビーチを持っていて、今週末に一緒にどうかと誘われたのですわ」

「美雪《みゆき》先輩、それはいいな。最近は暑くなってきたし海水浴は楽しいかもしれない」

「あっ、ずるい！　あたしも交ぜてよね、頼人！」

「もちろんだよ。夏恋《かれん》を置いていくわけないじゃないか」

「やった！　頼人と海水浴、楽しみね！」

「ねえ布施川《ふせがわ》くん、わたしの事も忘れてないですよね」

「忘れるわけないだろ。優奈《ゆうな》も俺達と一緒に海へ行こう」

「えへへ、布施川人くん。優しい」

「それじゃあみんなで思いっきり遊ぼうな。昼間は海水浴、夜は海岸でバーベキューに花火。楽しそうじゃないか？」

「とても素敵ですわ。では皆さんで今週はわたくしと一緒に親戚のプライベートビーチにお邪魔しましょう」

主人公、布施川頼人。

隣の席の正統派美少女、花崎優奈《はなさきゆうな》。

ツインテールが似合う活発系幼馴染、姫野夏恋《ひめのかれん》。

イギリス系ハーフ美人の生徒会長、桜宮美雪《さくらみやみゆき》。

今日もまた教室で繰り広げられるハーレムラブコメの光景を、悪役である俺は最前列の席から見守っていた。

あの様子だときっと次回は水着回。原作でも大人気のサービス回であり、アニメ一期が放送された際は最高の神作画で全国の紳士達を魅了した。

布施川頼人は美少女ヒロイン達の見慣れない水着姿を見て赤面したり、日焼け止めを塗って欲しいと頼まれてドキドキしたり、澄んだ青い海が広がる砂浜ではしゃぎ回る。

海水浴を終えた後は夕陽《ゆうひ》に染まった海岸でバーベキューを楽しんで、そして最後には星空の下で花火を上げて笑い合うのだ。

そして主人公とヒロイン達が送る素晴らしい青春に俺が交ざる事はない。

なにせ俺は彼らの関係を妨害する為だけに存在する悪役で、あんな風にヒロイン達とイチャイチャしたいと思っても彼らに迷惑をかけるだけになってしまう。

あの甘々な空間は主人公とヒロイン達だけの特別なもので、原作ファンであり紳士な俺は遠くから彼らの恋愛模様を見守れるだけで十分すぎる程の幸せを感じていた。

というわけで今日も自分が悪役に転生してきた事を自覚して、主人公達に迷惑をかけないよう静かに学園生活を送るつもりだ。

それと同時に悪役を脱却して破滅エンドを回避する為に動かなければならない。

今日は色々とプランを練ってある。

昨日、筋トレをしながらどうするべきかずっと考えていたのだ。

まず今日もしっかりと授業を受けて教師から当てられた問題を必ず解く事。悪役の不良らしくない振る舞いを続ける事で、徐々に『ふせこい』での俺の立ち位置も変わっていくはず。

実際、俺が学校に来た事を気味が悪そうに見ていた周りの生徒達も、俺が真面目に授業を受ける姿を見て態度を僅《わず》かながら軟化させつつあるように思えた。

難しい問題をあっさりと解いた時は皆が目を丸くして驚き、時には褒めるような声も聞こえて少しずつだが前進している事を実感出来る。

そして次に俺が打ち立てた目標は健全な友好関係を作る事。

悪役である進藤龍介は学園から孤立している。

周りの生徒達は進藤龍介を恐れて距離を取り、仲良くしようと声をかけてくれる生徒はクラスにいない。クラスメイト達との間にある大きな溝を乗り越えなければ、誰も俺を理解してくれずに敵視されたままとなる。

いくら学園生活を満喫しようと一人で足掻《あが》いても、悪役としての立ち位置はそこまで変わらない。だから俺は友達を作ってクラスに馴染《なじ》む必要があると思ったのだ。

そうして授業が始まる前の予習復習をしながら、俺は最前列の席から教室を見回した。

(ううむ……誰も目を合わせようとしてくれないな)

友達を作りたいと思っているが、クラスメイト達は露骨に目を逸《そ》らして距離を取る。

俺の授業の様子を見て少しは印象も変わっているとは思うが、やはり過去のやらかしが響きすぎている事もあって警戒されているのだろう。

この様子だと気さくに話しかけても冷たくあしらわれる可能性が高い。俺が席を立って少し近付こうとする素振りを見せるだけで、肉食獣に遭遇した草食動物のように後ずさってしまう。

そんな生徒達の怯《おび》える様子に苦笑しながら、悪役が普通の友達を作る難しさを痛感していた。

仕方ないと言えばそれまでだ。けれど悪役だって普通の友達が欲しい。友達と笑い合いながら学園生活を送りたい。

しかし話しかけるきっかけも見つけらず、どうするべきかと悩んでいたその時だった。

教室の扉が開いて一人の男子生徒が入ってくる。

「おはよう、みんな」

彼が爽《さわ》やかに微笑んで挨拶《あいさつ》をすると、小刻みに震えていたクラスメイト達の表情が一変する。

ほっとしたような空気が流れ、いつもと変わらないクラスの様子に戻ったのだ。

それは彼がこのクラスのリーダー的な存在で、誰からも頼られる人気者だからこその光景。

彼の名前は木崎玲央《きざきれお》。

爽やかなスポーツ系のイケメンで銀髪の眩しい輝きと爽やかな笑顔が印象に残る美少年。

身長は高く、程よく筋肉のついた細マッチョで体格も素晴らしい上に、一年生からバスケ部のレギュラーを任せられる程の運動神経の持ち主だ。

その上、成績優秀で品行方正。

教師からの信頼も厚く、主人公の持つ光にも負けないキラキラとしたオーラを纏《まと》っている。

そんな彼は自分の席に鞄《かばん》を置くと窓際の一番後ろの席、主人公とヒロイン達が集まるあの空間に向けて歩いていった。

「やあ頼人。今日も相変わらず元気そうだね」

「玲央、ちょうどいいところに来たな。実は今、みんなと海水浴に行く話をしててさ。良かったら玲央も一緒に行かないか？」

「それは楽しそうだね。予定はいつ頃だろう？」

「今週の土日に行く予定。午前中から車で行って、泊まりで遊び尽くすつもりでさ」

「なるほど。それだとちょっと難しいかな。今週は部活が忙しくて厳しそうなんだ」

「残念だな……玲央がいてくれたら盛り上がると思ったんだけど……」

「誘ってくれるのは嬉しいよ。でも本当にごめん、埋め合わせはするからさ。また機会があれば頼むよ」

「分かった。じゃあ仕方ないか……それならまた今度誘うから」

「うん、楽しみにしておくね」

こうして主人公である布施川頼人と対等に会話をしている木崎玲央。

彼が一体何者なのかは原作知識を活用すれば答えはすぐに出てくる。

木崎玲央は主人公の親友キャラ。

脇役《わきやく》の中で破格の待遇を受ける最上位の位置にいる存在。

主人公の布施川頼人の容姿は平凡で成績も中の中。

運動神経も平均的で特徴という特徴がない。それはこの世界を物語として楽しんでいる読者から感情移入されやすい主人公像を体現しているからだ。

一方でその親友キャラとなれば、感情移入した読者が欲しがる理想的な友人像が当《あ》て嵌《は》められていく。

誰とでも打ち解ける親しみやすさのある性格でクラスの人気者。

勉強が苦手な主人公をフォローしてくれる頭脳明晰《めいせき》な一面もあれば、時には主人公と共に困難に立ち向かう勇気を持つ熱血漢な要素も併せ持つ。

そして運動神経も抜群で主人公と対比しやすいように長身のイケメンだ。

玲央はまさにその要素の全《すべ》てを押さえた男性キャラだった。

そしてそんな高スペックな親友キャラよりも、平凡な主人公が特別な美少女達にモテる事で読者に優越感を抱かせる存在でもある。つまり悪役である俺と方向性は違うが、主人公を引き立てる為に存在する親友キャラも実は似たようなものなのだ。

(そっか……木崎玲央。あいつと友達になれたら、悪役の俺でも学園生活をもっと楽しめるようになるかもしれない)

原作のファンとしても玲央は好きなキャラの一人だった。作中で活躍する彼は爽やかで格好良くてお人好しで、あんな友達が自分にもいたらと何度も思った。

玲央と友達になれたら、きっと素敵な学園生活が待っているはず。

彼と仲良くしながら上手《うま》く立ち回り、主人公とヒロイン達の恋愛模様を遠くから見守る。

原作ファンとして至れり尽くせりの展開じゃないか。

そうと決まれば善は急げ——と言いたいところだが何事も焦《あせ》りは禁物。

主人公達と玲央が絡《から》んでいる原作の展開に邪魔をしたくはない。

原作にあった水着回は超人気エピソードで俺は何度も見直していた。『ふせこい』の中でも特に鮮明に内容を覚えている事もあって、布施川頼人と玲央の会話の一字一句も記憶しているレベルだ。

そしてその記憶の通りなら、この会話が終わった後にヒロインとの絡みが少しあって、それから場面が変わる。学校での生活の様子は一切《いっさい》描写されなくなり、すぐに休日へと時間が飛んで舞台は海水浴場へと移るのだ。

つまり原作にあった学校でのイベントはここまでで、玲央の出番が来るのはしばらく先。

悪役の俺でも玲央と話が出来る空き時間となるはずだ。

よし、頑張ろう。

俺が決意を固めたその時、始業を告げるチャイムが鳴り響く。

チャンスは三限の体育だ。

玲央はバスケ部に所属している。

体育の内容もバスケ。彼と接近するならこの授業しかない。


一限の数学と二限の英語は俺の予定通りに事が進んだ。

今日も昨日のように監視の目を光らせる教師達。

そんな彼らが当ててくる問題を難なく答え、とても真面目に授業を受けて不良キャラとは思えないような生徒の模範的な行動を取り続けた。

そして三限の体育の授業が始まる前。

俺は体操服に着替えながら玲央の事を遠目に眺めていた。

銀色に輝く髪が眩しくて、爽やかな笑顔を浮かべながらクラスメイトと談笑をする姿はとても絵になっている。そして主人公である布施川頼人は珍しく他の生徒達と絡んでいた。

この三限の体育は物語において全く必要のないシーンで、行間を空けて描写をスキップされるような扱いを受ける時間。

女子は外の運動場で陸上をやる予定なので体育館にヒロイン達の姿もなく、ラブコメ的な展開が起こる可能性も殆《ほとん》どない。親友である玲央とのやり取りも済ませているので、今は描写されなかった原作の裏側で主人公が他の生徒達との友情を育むタイミングなのかもしれない。

そして体育の授業はバスケ。

玲央が最も得意とする球技で、そのバスケを通じて仲良くなれればと思っている。

まさに玲央と友達になる千載一遇《せんざいいちぐう》のチャンスと言える瞬間だ。

俺はそのチャンスを逃すわけにはいかないと玲央の方へと向かう。

ここからの展開は原作にはない。作中では一切描かれなかった部分であり、玲央と友達になれるかは全て俺のコミュニケーション能力に懸かっている。ここが頑張りどころだ。

俺は意を決して玲央へと話しかけた。

「よ、よう。木崎くん、だったよな?」

「君はえっと、進藤君だよね。僕に何か用かな」

俺が緊張しながら声をかけると、玲央は少し驚いた様子を見せる。

今まで学校をサボりまくっていた不良から話しかけられたら誰だって驚くだろう。

しかし他の生徒達のように怯える様子は全くなくて、その強い輝きを秘めた瞳で真《ま》っ直《す》ぐに俺を見つめ返していた。

流石《さすが》は理想の友人像を当て嵌められたキャラクターだ。

俺みたいな悪役を前にしても余裕の態度を保っている。

これなら上手くいくんじゃないかと期待して、俺はもう一歩踏み込む事にした。

「昨日から学校に来て、いきなり話しかけるのも悪い気がするんだけど。実は用事があって」

「僕も君が突然登校してきたから驚いていたんだ。でも凄《すご》く真面目に授業を受けてるし、先生達からどんな問題を当てられても簡単に答えちゃうからさ。実は結構気になっていてね。君の方から話しかけてもらえるなんて嬉しいよ」

そう言って爽やかな笑みで答える玲央。

意外と好感触な反応だ。

昨日と今日、しっかりと授業を受けていた事が功を奏したのかもしれない。

俺は原作で覚えた玲央の情報を頼りに会話を続けていった。

「実は学校休みながら勉強は欠かさずやってて。まあ……それよりも用件だったよな。実は今日のバスケで木崎くんと同じチームになれたらって思ってさ」

「僕と？　いいよ、別に構わないけど。でも気になるな、どうして僕なんだろう?」

「木崎くんはバスケ部で一年からレギュラーやってるくらいの実力者だろ。中学の頃も県大会で活躍したエースだって話を聞いて。木崎くんと一緒に出来ればバスケが上手くなる為の良い練習になると思ってさ。迷惑じゃなかったら頼む」

「なるほどね。バスケが上手くなりたいんだ。それで僕と一緒にやりたいと言ってくれるなら大歓迎だよ。ちなみにポジションは何処《どこ》が希望なのかな?」

「んー……とりあえずは木崎くんの動きを見て決めようと思う。まだ何も分からないからな」

「そっか。それじゃあ一緒に練習しながら考えようか。頑張ろうね、進藤君」

凄いな、このコミュ力には脱帽だ。厳つくて不良そのものである俺との初めての会話をそつなくこなして笑顔で対応してくれる。人当たりが良くて物腰も柔らかい。

そして何より、俺が玲央に近付いた理由を深く突っ込んで聞いてこない。

彼は本当に人とのコミュニケーション能力に長《た》けている、これぞまさに主人公の親友キャラとして相応《ふさわ》しい立ち振る舞いだ。悪役を脱した後の事を考えて、玲央と接しながらこのコミュ力を少しでも会得出来るよう俺も見習わなければ。

そんな事を考えている間に体育教師が姿を現したので、すぐに整列して授業が始まった。

まずは軽く体育館の中をぐるりとランニングして、それから柔軟体操。その後、パスやシュートの練習をして、それが終わったらチームを決めて試合を始める流れらしい。

玲央はパスやシュート練習から付きっきりで俺に教えてくれた。

ドリブルの仕方からボールの持ち方まで丁寧に指導してくれる。

原作を見ていたから知っていた事だけど玲央は本当に親切で、それを間近に見る事が出来て俺は本当に嬉しかった。

そうして玲央と練習を続けていると体育教師がホイッスルを鳴らす。

そろそろ試合形式で授業を進めるようだ。

チーム分けはランダムに決められるわけではなく班のリーダーを体育教師が決めて、そのリーダーがクラスメイトの中からメンバーを選ぶという形式になっていた。班のリーダーに選ばれた生徒の中にはバスケ部レギュラーである玲央の姿ももちろんある。

彼らは出来るだけチーム分けが公平になるよう意識しながらメンバーを選出していくのだが、玲央は授業が始まる前の約束を守って俺をすぐに選んでくれた。

「それじゃあ進藤君は僕と同じチームで。よろしくね」

「ああ。こちらこそよろしくな、木崎くん」

メンバーの選出が終わり玲央は俺に同じ色のゼッケンを手渡すと、爽やかな笑みを浮かべながら俺の肩をポンッと叩いてコートへと向かった。

主人公の布施川頼人は別チーム。壁際で玲央に声援を送っていた。

俺も主人公みたいに玲央と仲良くなりたいなと気持ちを強くしつつ、緊張して高鳴る鼓動を抑えながら彼の待つコートに足を踏み入れた。

玲央の実力は圧倒的だった。

他の生徒達が必死になってボールを回している中で、彼だけは一人で三人分以上の働きをしている。ボールを持った瞬間に素早く動き出し、ディフェンスをかわしてドライブインからのレイアップ。シュートが決まる度に周囲から歓声が湧き起こった。

女子がここにいれば黄色い声援も飛んでいただろう。

それ程までに玲央のプレイは鮮やかで、そして格好良かったのだ。

「進藤君！」

「お、おう！」

玲央からパスを受けた俺は、そのままドリブルをしながらゴールへと近付いていく。

しかし相手のチームに進路を塞《ふさ》がれてしまい、俺は咄嗟《とっさ》の判断で横へステップを踏んだ。

すると相手選手は見事に空振りし、その隙を突いてすかさず玲央が俺の後ろを追い抜いていく。その動きに合わせてボールを渡すと、玲央はそこから流れるようにリングに向かってシュートを放った。

ボールは放物線を描きながらネットをくぐり抜ける。

クラスメイト達の歓声が体育館に再び響いた。

その後も玲央の活躍は続き、試合は俺達のチームが圧勝した。

息を切らしながら汗まみれになった俺はコートを離れて、体育館の壁に背中を預けるようにして座り込む。

一年生からバスケ部レギュラーを任せられている玲央、流石の活躍に脱帽だ。敵チームだった生徒達も玲央の実力を認めているようで、試合が終わった後は彼に称賛を浴びせていた。

それにしても……俺が転生してきた進藤龍介の肉体というのはなかなか凄い。

前世では運動神経皆無だった俺が、あの玲央の動きに合わせて上手いパスを出す事も出来たしシュートだって決められた。俺にはバスケの経験が殆どないはずなのに。

俺が転生してくる以前から進藤龍介は筋トレに励んでいた。

それもあってパワーのあるプレイが出来るし、脚力もあるからスピードにも乗れる。

何より体が自分の思い通りに動くのだ。狙《ねら》った所に綺麗《きれい》にパスを、シュートを打てば想像した通りにボールはネットをくぐっていく。

この体にはスポーツ選手としての才能が秘められているのかもしれない。だがタバコを吸っていたせいで、すぐ息が上がってしまうのが難点か。健康体を取り戻して練習に励めば、結構良いレベルまで成長出来るんじゃないかと思う。

そんな事を考えていると玲央が駆け寄ってきた。

彼は俺の隣に腰を下ろしながら爽やかな笑顔を見せる。

「お疲れ様、進藤君。さっきの試合、どうだった？」

「久しぶりにいい汗かいたよ。それに木崎くんは凄いよな、噂は聞いていたけどまさかここまでとは……」

「僕の事はともかく、それより君の方さ。本当に初心者なのかい？　今までずっとバスケをしてきた僕から見ても君のパスは凄く正確だったから驚いた。それにシュートのフォームも綺麗で殆ど外さなかったし、チームの勝利に確実に貢献していたよ」

「バスケ部レギュラーの木崎くんに褒められるのはくすぐったいな」

「本当の事だからね。何より君はコート全体をよく見ている、選手全体の動きを把握してその時に必要なプレイを的確に判断出来ているんだ。それが出来ているからこそ僕も安心して動けた、礼を言うよ。ありがとうね」

「……こ、こちらこそ。だってさっきの試合、必要な時に必要な場所に、必ず木崎くんがいたからな。木崎くんがいなければあんな試合運びは絶対に無理だった」

「それはお互い様だよ。君は僕が攻めやすい位置に常にいてくれたじゃないか。君がいてくれたおかげで僕はいつも以上に動けたんだ。君と同じチームで良かったよ」

「は、はは……なんかそう言われるとくすぐったいな」

照れくさくなって頬を掻くと、玲央はくすりと笑った。

「君って話してみると第一印象と全然違うね。本当の事を言うとさ、さっき話しかけられた時にちょっと身構えてしまったんだ。ほら、進藤君って今まで学校にも殆ど来なかったし結構有名だから。もっと荒々しい感じの人かと思っていたんだ」

そうだろうな。

いくら高スペックな親友キャラの玲央でも中身は普通の高校生だ。その反応は当然だと思う。

進藤龍介の外見は厳つい不良そのもので、俺が転生してくる以前はその見た目を体現するような不良にどっぷり染まった生活をしていたわけだし。

それに今まで玲央と俺の間に交友関係は一切なかったのだ。

いきなりこんな怖い見た目の奴に声をかけられたら身構える。

それを感じさせない立ち振舞いが出来るのが、玲央の凄いところだと思う。

「でも話してみたら全然違ったよ。とても紳士的で、それでいて礼儀正しい。だから謝りたいんだ、君の事を誤解していて申し訳ないって」

「いやいや、木崎くんが謝る必要はないぞ。むしろ俺は木崎くんが自分の気持ちを正直に言ってくれて感謝してるくらいだし、何より俺みたいなのが急に話しかけても嫌がらずにちゃんと話してくれるなんて思わなかったから。だから話が出来て素直に嬉しかった」

「あはは、進藤君。その言葉、そのままそっくり君に返すよ。僕も君と話が出来て嬉しいんだ。それと僕の事は玲央でいいよ。苗字《みょうじ》で呼ばれるのはあまり慣れてなくて」

「じゃあ俺の事も龍介でいいから。き、気軽に呼んでくれ」

「分かった、龍介。これからもよろしく頼むよ」

そう言って玲央は爽やかな笑みを浮かべて右手を差し出してきた。

俺は一瞬だけ躊躇《ためら》うが意を決して彼の手を握る。

「こちらこそよろしくな、玲央。改めて仲良くしてくれると嬉しい」

「もちろんさ、仲良くしてくれ。あ、そうだ。せっかくこうやって仲良くなれたんだ、僕の友人を一人紹介してもいいかい？」

「え……？」

嫌な予感がする。玲央が紹介したいという友人は、やはりと言うべきか彼の事だった。

玲央は試合中のコートへと視線を移す。

その視線の先に映るのは布施川頼人、この世界の主人公だった。

「ほら、今試合をしている布施川頼人だよ。８番のゼッケンを付けている彼の事さ。頼人は僕の親友でね。まあ親友って言っても高校からの仲なんだけど、馬が合うっていうか一緒にいると楽しいんだ」

「へ、へぇ……そうなんだ」

「いつも教室だと女の子に囲まれてるから少し話しかけにくいかもしれないけど、龍介もきっとすぐに打ち解けられると思うよ」

「そ、それはどうかな……」

このまま話が進むとちょっとまずい事になりかねない。

俺は玲央と仲良くなりたいが、主人公とは出来るだけ接触しないよう心掛けている。

主人公と悪役は水と油の関係。敵対してはぶつかり合い、時には仲間になったりもするが、

その関係性は基本的に良好ではない。

そして『ふせこい』における進藤龍介の場合は、決して主人公と分かり合う事は出来ないまま、悪役として物語から退場する運命だ。

玲央と仲良くなればきっとこういう事もあるだろうなと思っていたが、それにしたって紹介してもらうには早すぎる段階だ。

玲央から紹介されても主人公と仲良くなれるビジョンが全く見えないし、ここは自分が悪役である事をしっかり自覚して主人公との接触を避けた方が無難だろう。

「悪いな玲央、実は俺……えっと」

どうやってこの状況から逃れるべきか……それを悩んで俺が言い淀《よど》んでいると、玲央は俺の顔を覗《のぞ》き込みながらふっと微笑んだ。

「君を見てたら何となく分かったよ。頼人の事が苦手なんだね」

「……っ⁉」

俺は思わず目を見開く。どうやら彼は俺が言い出す前に考えている事を察したようだ。

「いや実は珍しくないんだ。僕の友達にも何人かそういう人がいるし、だから龍介の反応を見てると苦手なのがよく分かるよ」

「そうなのか？　布施川の事が苦手な奴が他にも？」

「まあね。いつも頼人って女の子と一緒にいるし、彼から他の男子生徒に話しかけようとする事もあまりないだろ。それに彼って独特な雰囲気があるんだ。だからちょっと近寄り難《がた》いって思う人が多いんだよ」

多分それは布施川頼人が放つ主人公としてのオーラみたいなものだ。

ラブコメの主人公がモブキャラと会話する事は殆どない。

主人公の周囲を彩《いろど》るのはヒロインの美少女達、男子なら玲央のようなイケメンの親友キャラだったり、個性的で魅力溢《あふ》れる脇役達が定番だ。

モブキャラとは物語にリアリティを持たせる為の背景であり、その役割を無意識の内に理解している彼らは口を揃《そろ》えて『布施川頼人が苦手だ』と答えて距離を置こうとする。

それが結果的に布施川頼人を主人公としたラブコメの世界を成立させている。

主人公の存在感を際《きわ》立たせる効果を生み出しているのだ。

原作では語られなかった裏の時間だけモブキャラ達と交流があるように見えるのは、きっと主人公がクラスから孤立しない為に必要な行動。最低限の繋がりを作る事で、物語の舞台となる学校という環境に主人公も溶け込む事が出来るわけだ。

（なるほど。やっぱりラブコメの世界における主人公ってのは、特別な存在なんだな）

ともかく布施川頼人がモブキャラを寄せ付けないオーラを持っているのなら、俺もその話に乗っておくべきだろう。周りのモブキャラ達のように俺も布施川頼人が苦手だと、彼から距離を置こうとすれば親友キャラである玲央ならきっと分かってくれるはず。

「玲央の言う通りだ。俺も布施川はあまり得意じゃない、だからあいつとはあんまり関《かか》わりたくないかな……」

「やっぱり君もそうだったか。うんうん、龍介が苦手だというなら無理強いするつもりはないから安心してくれ。それに龍介とはこれから仲良くなっていきたいからね」

その言葉に胸を撫《な》で下ろす。

これで主人公に近付きすぎる事はなくなったと見ても大丈夫そうだ。玲央が俺と布施川頼人を接近しないようにしてくれるなら、今後も安心して玲央と仲良く出来る。

「おっと、頼人の試合が終わったみたいだし僕はちょっと行ってくる」

「ああ。それじゃあまたな」

「ありがとう。また後で」

そう言って玲央は俺から離れていった。

汗まみれになった布施川頼人と談笑する玲央の姿を眺めながら俺は小さく息を吐く。

（やっと友達を作れたな……）

クラスから孤立していた悪役に、ようやく一人目の友達が出来た。これは原作には決してなかったもので、悪役を脱却して幸せな青春を送りたい俺にとって大きな前進と言える。

俺は確かな達成感を噛《か》み締《し》めながら、残りの体育の授業を真面目に受けるのだった。

◆

玲央と友達になった三限の体育は何事もなく終わり、あれから主人公である布施川頼人と接近する展開にもならなかった。

玲央は本当に立ち回りが上手かった。

俺と布施川頼人の間で絶妙な距離感を保ちつつ、友人として親しげに話しかけてくれる。

これなら主人公と距離を置きつつ、玲央と仲良くなる事は不可能じゃない。

俺が悪役を脱却する為の光明が見えてきたのを感じていた。

そうして午前の授業が終わり昼休みを迎えると、なんだか教室が騒がしい事に気が付いた。

「ねえねえ見た見た？　あの女の子、誰だろう？　めちゃくちゃ可愛いよね！」

「おれも見たぞ。多分転校生じゃないかな。あんなに可愛い子ならひと目見たら忘れないし」

「マジでやばいよな。オーラが違うっていうか。可愛すぎて思わず気絶しそうになったわ」

何やら周囲のクラスメイト達が興奮気味に語り合っている。

俺の座る最前列の席にもその会話は聞こえていて、彼らの会話から転校生がこの学校にやってきたという情報をキャッチした。

その少女は昼休みになってから登校してきたらしく、姿を見た生徒達が騒ぎ立てているようだ。生徒達の会話から察するに凄《すさ》まじい美少女だそうで、その少女が廊下を歩いているだけで空気が一変し、周囲の視線が釘付けになる程。

あまりの美少女っぷりに俺達のクラスもその話題で持ちきりになっていた。

(本当に転校生……か?)

俺の知る『ふせこい』の内容だと一学期に美少女が転校してくる展開はなかった。

つまりクラスメイト達を騒がせている少女は転校生ではなく、元から貴桜学園高校に通っている生徒の一人のはず。

(ヒロイン達の他にそんな子いたかな……?)

これだけ騒がれているのだ。よっぽど可愛い子なんだろう。

けれどその美少女が一体誰なのか、原作を知っている俺ですら全く予想が出来ないでいた。

いくら『ふせこい』がハーレム系のラブコメとは言っても、学園を騒がせる程の美少女となると限られてくる。夏休みのバイト先で知り合う美人お姉さんは大学生だから違うし、主人公を慕う可愛い妹もまだ中学生でこの高校には通っていない。

「まあ俺には関係ないか……」

その美少女とお近付きになる事はきっとない。何故《なぜ》なら俺は物語の悪役で、学園中を魅了する美少女ヒロインとは決して相容《い》れない存在だ。

主人公の布施川頼人はヒロイン達と今日も屋上に行っているし、玲央もバスケ部の友人と一緒に他のクラスの教室へ。

その美少女がモブキャラだらけの教室に来る事もないだろう。俺はクラスメイト達が騒ぐ美少女の話題にそれ以上は興味を示さず、一人ぼっちで手作りの弁当を机に広げる。

朝早くから準備していた事もあって美味《うま》そうな出来栄えになっていた。

さて、何から食べようか。昨日作ったハンバーグか、それとも卵焼きから食べるべきか。うん、やっぱりプチトマトから――。

箸を伸ばしかけた時、突然教室に黄色い声が響き渡った。

それはモブキャラ達が物語を彩るヒロインに視線を奪われた時に上げる歓声だ。

一体何があったのか、そう思って顔を上げた瞬間だった。

「うお……っ」

思わず声が漏《も》れる。

目の前に広がるその光景は悪役である俺にとって眩しすぎた。

美しい少女だった。さらりとした光沢のある柔らかな黒髪を腰まで伸ばし、星のように煌《きら》めく青い瞳を長いまつ毛が彩っていて、桜色の唇は艶《つや》を帯びて潤っている。

その顔立ちは精巧に作られた人形の如《ごと》く整っており、滑らかで白い肌には染み一つなく、手足はすらりと細くしなやかだ。

しっかりと着こなした制服が彼女の清楚《せいそ》で可憐《かれん》な姿を更に引き立てる。

主人公である布施川頼人が引き連れる三人のヒロイン達を遥《はる》かに上回るような、最強の美少女がそこにいた。

そして身に纏う雰囲気は凛《りん》としていて、彼女が一歩踏み出す度に生徒達の口から溜息にも似た声が上がる。

とてつもない美少女の登場に誰もが目を丸くして、クラスに残ったモブキャラ達は羨望の眼差《まなざ》しを向け続けていた。

（おいおい……ちょっと待て。どうして主人公のいないこの空間に、最強だって素直に思えるような美少女が現れるんだ？）

その困惑は更に渦を巻いていく。

何故なら彼女は周囲の反応を一切気にする事もなく、俺の席の前で立ち止まったのだ。

そして鈴の音のような綺麗な声で紡《つむ》がれた言葉は、間違いなく俺に向けられたもので――

どうした事か俺はその声に聞き覚えがあったのだ。

「やほやほっ、龍介。遊びに来ちゃった」

最強の美少女は俺を見つめながら、八重歯を見せてにひひと無邪気な笑顔を浮かべる。

「は？　え？　お？　あ!?」

「ちょっ……そんなびっくりすんなしっ。髪を黒く染め直して、サイドテールにしてた髪を下ろして、メイクちょっと薄くしただけじゃんっ」

驚きのあまり言葉を失う俺を見て、最強の美少女は不満げに頬を膨らませる。

何が……どうなっている？　昨日までのお前は、全然違ったはずだ。

「……ま、真白⁉」

そう。

彼女は甘夏真白《あまなつましろ》──俺と同じ悪役の、昨日までギャル系女子だった彼女が、このラブコメ世界でぶっちぎりの最強美少女となって俺の前に現れたのだ。

俺は昨日の事を思い出していた。

学校からの帰り道、真白は一緒に帰ろうと言って俺の隣を歩いていた。しかし、未来に待ち構えている破滅的な結末から真白を守る為、俺は罪悪感を覚えながら彼女に告げる。

俺はギャルが苦手で実は清楚系の女の子が好きだと、真白はそれとは真逆のギャルだから苦手なのだと確かにそう言った。

俺の言葉を聞いた真白の表情はみるみる曇っていって、そんな彼女を見ていると罪悪感に苛《さいな》まれて仕方がなかったのだが、それでも破滅の未来を回避する為には必要な事だと自分に言い聞かせた。しかし、真白は無邪気に笑ってこう言うのだ。

『待っててよね、龍介の苦手を克服してくるからさっ』

その言葉の真意が分からなかった俺は首を傾げるしかなかったが、真白はそのまま別れを告げて去ってしまう。

それが昨日の出来事だ。

そして今――真白は昨日俺が言っていた清楚系の女の子を体現するかのように、美しい黒髪を真っ直ぐに伸ばして、制服をきっちり着こなして、ナチュラルメイクで、昨日までのギャルっぽさなど一切感じさせない姿となっている。

元から真白は悪役として特別なステータスを与えられたキャラクターだ。

ヒロイン達を引き立てる為の特別な見た目に、モブキャラとは全く違う雰囲気。

特に真白は『ふせこい』の二年生編で、俺に次ぐ最強の悪役として主人公の前に立《た》ち塞がる特別な運命を背負っている。

そんな真白だからこそ元よりヒロイン達に匹敵《ひってき》する程の美少女だった。

そして昨日の出来事がきっかけとなって、その美貌に更に磨きをかけた結果――彼女はヒロイン達を遥かに凌駕《りょうが》する程の、完璧《かんぺき》で最強な圧倒的美少女に生まれ変わっていたのだ。

そんな真白を前にして俺は思わず立ち上がる。

視線を奪われる他なかった。間近で見る彼女のあまりの美しさに息を呑《の》んだ。

本当に同じ人間なのか、そう思えてしまう程の完成された美しさを持った少女がそこにいた。

彼女の圧倒的なまでの美貌を前にして固まっていると、まるで鈴のように澄んでいて、それでいて何処か温かくて心地良さすら感じる声が聞こえてくる。

「りゅ、龍介……っ？　そ、そんなじっと見られると……わたしも恥ずかしいっていうか、照れちゃうんだけど……っ」

顔を真っ赤にしてもじもじと指を絡《か》ませ恥じらう仕草を見せた真白の可愛さに、俺は更に言葉を失ってしまう。それから彼女は両手を胸元《むなもと》でぎゅっと握り締めながら、上目遣《うわめづか》いで俺の事を見つめてきた。何だよその仕草、反則だろ……。

「ど、どうかな？　龍介がこっちの方が好きって言ってたから……美容院で髪を染め直してもらって、朝から準備してきたんだけど。それでちょっとね、メイクが上手くいかなくて……学校来るのお昼からになっちゃったんだ」

吸い込まれそうな青い瞳が不安げに揺れていて、思わず抱き締めたくなってしまう程に可愛くて、俺は慌てて目を逸らす。

俺がギャルは苦手だと言ったから、真白は俺の為に自分を変える努力をしてくれたのだ。

俺が喜ぶように、俺に好かれるように、俺の理想の女の子になろうと必死になってくれた。

女の子にとって今までの自分の好きを全て投げ売って、たった一人の男の為に変わるなんて並大抵の覚悟じゃ出来ないはずだ。だけど彼女はなったのだ。

俺への想いを努力に変えて、ヒロイン達すらも凌駕する最強の美少女へ生まれ変わったのだ。

「……っ、あ」

真白を前にして声が出てこない。月並みに褒める事すら出来なかった。

嬉しすぎたのだ、ここまで俺の事を想ってくれる人がこの世界にいた事が。

前世にはいなかった。

俺の為にここまでやってくれる人は、あの世界には一人だって存在しなかった。

そんな相手に向けて何と言ったら良いのか分からない。何とかこの気持ちを言葉にしようと必死になるが、俺は馬鹿みたいに立ち尽くす事しか出来なかった。

すると真白は頬を赤くしたまま俺に向けて背伸びをする。

そうして彼女は俺の頬に手を添えて、にひひと無邪気な笑顔を浮かべた。

「それ、龍介が本気で喜んでる時の顔だ。言わなくても分かってるよ、わたしと龍介は小学生の頃からの付き合いなんだからっ」

そんな風に言われて俺の心臓は爆発《ばくはつ》するんじゃないかと思うくらいに激しく高鳴った。

彼女はずっと知っていたのだ。

俺の喜び方を、俺がどうしたら嬉しいかも全部理解してくれていた。

(ああ……何だこれ、すげぇ嬉しい。幸せだ)

こんな気持ちになるのは初めてだった。

心臓の鼓動が早くなるのを止められない。

世界が輝いて見える程に胸が高鳴って、真白が可愛くて、愛おしくて仕方ない。

真白はどれだけ俺が突き放そうとしても、傍にいてくれようとする。

俺は彼女の幸せを願って、未来に待ち構えている破滅から救う為だと言い聞かせて、真白を突き放す決意をした。だけどそれは間違いだった。

真白は何があっても俺の事を諦《あきら》めない。

何があっても俺と一緒にいたいと思ってくれている。

そんな健気《けなげ》な少女の想いを無視して突き放すなんて……それこそ悪役のやる事じゃないか。

真白が俺を諦めないなら、俺だって真白を諦めない。

破滅を回避して幸せになる為に一人じゃなく二人で足掻くんだ。

悪役だって青春したい。

俺がそう願ったように、真白だって同じ気持ちだったのだ。

だったらもう遠慮する必要なんて何処にもない。

俺は真白と一緒に笑って青春を謳歌《おうか》してみせる。

そこまで考えて、それに気付いて、俺はようやく言葉を口にする事が出来た。

「に、似合ってる。凄く、可愛い」

たどたどしく紡がれた俺の言葉を聞いて、真白は嬉しそうに頬を緩める。

こうして甘夏真白は、誰よりも優しくて可愛くて最高な――俺の世界を彩る唯一の存在になってくれたのだ。

◆

「隣、座らせてもらうね。いいよね、誰もいないし」

真白は購買で買ったパンを片手に持ちながら俺の隣に座ってくる。

俺は緊張して強張《こわば》った体を無理やり動かし、いつも通りに振る舞おうとしながら口を開いた。

「あ、ああ。一緒に食べようか」

「あははっ、龍介ってばそんなに緊張しないでよっ。昨日までは普通に話せてたじゃんか」

そう言って真白は楽しげに笑う。俺はそんな彼女に上手く言葉を返す事が出来なかった。

ギャル系女子から王道の黒髪美少女へ変貌を遂げた真白。

何度見てもマジ天使だ、もはや大天使ましろんと呼ぶべき可愛らしさだった。

(アニメの時も真白の作画は特に凄かったけど、今の真白は次元が違う。もう、何というか……本当に凄い)

真白は悪役という立場でありながら、その複雑な境遇によって俺以外にもたくさんのファンがいて、『ふせこい』のアニメ版スタッフの中にも熱烈なファンが結構いたそうだ。

アニメで真白が登場するシーンの作画の気合の入れようは凄まじく、スタッフの真白への愛が伝わってくる程だった。

俺もアニメの視聴時はその作画の素晴らしさに感動したものだ。しかし今の真白の可愛さはアニメの神作画さえ遥かに凌駕していると思う。何だこの可愛い生き物は。

(推せる……真白の事が本気で推せる……っ)

俺は今、真白の尊さに感動すら覚えていた。俺の事を想って変わってくれた美少女が、俺にだけ優しく微笑んでくれる。こんなの推すなという方が無理な話だ。

俺がそんな事を考えながら真白に見惚《みと》れていると、彼女はこてんと首を傾げる。

その仕草一つ取っても最高に可愛い。

悪役である俺が主人公の布施川頼人を差し置いて、世界最強の美少女と仲良くなるなんて本来ありえないはずなのに、今はそれが現実になっているのだ。

「あれ？　龍介、今日からお弁当にしたの？　やばっ、すっごい可愛いお弁当じゃん！　誰に作ってもらったの？　お母さん？」

「い、いや……これは自分で作ったんだけど……」

俺は照れくさくなって頬を掻きながら答える。

真白は俺の作った弁当に視線を落としながら、感心したように息を漏らした。

「知らなかった。龍介にそんな特技があったなんて、めっちゃ意外かもっ」

「そ、そうか？　実は前から好きでな……まあ学校もサボりまくってたし、今まで真白に見せる機会もなかったけどさ」

「そだねっ。いつも龍介と遊ぶ時は外だし、わたしのアパートで遊ぶ時も、部屋でゲームしてゴロゴロしながらのんびりしてるだけだもんね」

真白の言う通りだ。

俺が転生してくる以前の進藤龍介の記憶にもその光景が残っている。

昔から真白と一緒にいる時間は外で遊んでいる方が多かった。

昼の間から悪友の小金と大林と遊び、真白が学校から帰ってきたら合流してまた出かける。

そして遊び疲れたら一人暮らしをしている真白のアパートにお邪魔して、俺と二人で夜遅くまでゲームをして過ごす。そんな日々を繰り返していたのだ。

「そういうわけで、真白に手料理を振る舞った事ないから。隠していたつもりはないんだが」

「ふうん。そっか、じゃあさ、今度龍介が料理してるとこ見てみたいなっ。いいよね？」

「え、いや、別に構わないけど……本当につまらないぞ」

「いいのいいの。わたしは見た事ない龍介を見たいだけだし」

真白は屈託《くったく》のない笑顔でそう言ってくる。

俺はそんな彼女を横目に見ながら、照れを隠す為に卵焼きを頬張《ほおば》った。

卵焼きを頬張る俺を見つめて真白は満足げな笑みを浮かべる。そうして彼女は自分のパンの封を開けると、小さく口を開けて一口サイズに千切ったパンを食べ始めた。

「真白、見せるのは構わないんだが……その、何処でやるのがいいかな？」

「いつも遊ぶみたいにわたしの家でいいじゃんっ。キッチン空いてるよ」

「いつもみたいに、か」

やばい、緊張する。

料理を披露するのは前世でこなした喫茶店のバイトで慣れているので問題ないが、真白の家に行くというのには抵抗があった。

俺が転生してくる以前の進藤龍介なら彼女のアパートに入り浸っていただろうが、今の俺にとっては真白の家を訪れるのは初めての事。

前世でも女性の家に上がる経験というのはなかった。

しかも今の俺は真白の事を猛烈に推している。

前世でラノベに漫画、アニメやゲーム、それにVｔｕｂｅｒなど色々なものにハマってきたが、ここまで誰かを尊く想って推したいと感じた事はなかった。

そんな推しの自宅に訪問して料理を振る舞うなんて、もう完全にファンサの域を超えている。

下手したら心臓が止まってしまうかもしれない。

だがここで断るわけにはいかないのだ。

俺は真白と一緒に青春したいと覚悟を決めた。

それならば真白の家に上がって料理するくらい、乗り越えてみせなければ……！

俺は腹を括《くく》ると、ハンバーグを一気に頬張ってしっかりと飲み込んでから口を開いた。

「あ、ああ。分かった。楽しみにしててくれ、美味《おい》しい料理を作ってやるから」

「うんっ。すっごく楽しみだよ、龍介」

そう言って真白は嬉しそうに微笑む。その笑顔に思わず心臓が高鳴るのを感じた。

ああもうっ、可愛すぎかよ。天使かよこの子。最強すぎる、無敵かよ。

俺は内心でそんな言葉を漏らしながら、込み上げてくる推しへの幸福感をタコさんウィンナーと共に噛み締めていた。

「それで真白はいつがいいんだ？」

「今日でも明日でも明後日でも、わたしはいつでも大丈夫。でも龍介ってば家に帰ったら部屋でずっと勉強してるんだよね？　すごく熱心だって龍介のお母さんが言ってたから」

そういえば俺の母さんと真白は知り合いで、スマホで連絡を取り合っているんだよな。

昨日も真白と通話したって母さんが言っていた。

だから家での俺の様子は母さんを通じて真白に伝わっているのだろう。

「母さん、俺が学校に行ったらびっくりするって言ってたけど……そうか、あれって全部真白の事だったのか」

「そうだよー？　実は龍介のお母さんからね、髪を染め直すのにおすすめの美容室を紹介してもらったり、メイクのコツとか教えてもらったの。その時に龍介が家事を手伝ってくれるようになったとか、勉強頑張ってるのとか聞いたんだ」

「ようやく謎《なぞ》が解けたよ。母さんの言ってた女同士の秘密ってやつ」

「あはは。わたし龍介のお母さんと結構仲良しなんだよ。他にも色々相談に乗ってもらってて、いつも親切で優しくしてくれる龍介のお母さん、大好きなんだー」

そう言って真白は嬉しそうな笑顔を浮かべる。

母さんの事を真白からそんな風に思ってもらえて凄く嬉しかった。

よっぽど真白は俺の母さんに懐いているのだろう。

母さんとの話をする時の真白はとても楽しそうで、そんな真白が微笑ましかった。

そして俺の料理の腕前を披露する話に戻るのだが、家に帰ってからの夜の時間は課題の消化と筋トレに時間を費やすつもりだし、母さんの負担を減らす為にも家事を続けていくつもりだ。

そうなると平日は時間の都合で厳しい。

土日なら時間を作れると思うしどうだろうか。真白の都合を聞いてみよう。

「それで料理を作る話なんだけどさ。土日はどうかな？　真白、空いてるか？」

「うん、週末ならどっちも空いてるよ。いつでも来て？」

「それじゃあ土曜の昼頃にお邪魔しようか」

「おっけー！　じゃあ土曜日に約束ね。あ、でも一つお願いがあるんだけどいい？」

「ん？　何だ？」

「せっかく遊ぶんだからさっ。料理するのは夕方にして、お昼の間は出かけて一緒に買い物したりしたいなって。ダメかな？」

「全然構わないぞ。料理のリクエストとか聞きながら、一緒に食材選ぶのも悪くないしな」

「やったっ。ありがとね、龍介」

宝石のように煌めく青い瞳が俺を見つめていて、たったそれだけの事だというのに心臓が跳ね上がった。

そして他愛《たわい》もない話をしながら弁当を食べる俺と、小さな口でパンをかじる真白。

俺達の間には笑顔が絶えず、幸せで楽しい時間はあっという間に過ぎていく。

そろそろ昼休みが終わりそうになって真白は立ち上がった。

「それじゃあわたしは教室に戻るね。午後の授業頑張るんだぞっ、龍介」

「おう。真白こそ頑張ってな」

「うんっ」

俺は手を振って別れを告げると、彼女はにひひと無邪気に笑う。

その笑顔は眩しく輝いており、俺はそれに負けないくらいの笑顔で返す。

そんな真白が教室を出ようとした時だった――。

「わわっ⁉」

「うお⁉」

どんっ、と教室の出入り口で誰かとぶつかる真白。

周りを見ずに歩きスマホをしていた男子生徒が彼女の前に立っていた。

その一瞬はスローモーションのように感じられて、俺はその光景を眺めて、絶句する。

真白がぶつかった相手——それはこの世界の主人公、布施川頼人だったのだ。

俺はこの時になってようやく気付く。気付いてしまった。

真白は自らの努力で世界最強の美少女に生まれ変わった。それは原作には決してなかった展開で、悪役である俺達が引き起こしたイレギュラー。

それがこの世界にどのような影響を及ぼすのか、今この瞬間に思い知った。

物語に登場するヒロイン達を圧倒的に凌駕する最強の美少女が、ラブコメ作品の中で単なる悪役として消費されて良いわけがない。

『ふせこい』はハーレム系のラブコメで主人公がモテてしょうがない作品だ。

ヒロインが一人増えたとしても問題なく許容出来る作りになっている。

つまり最強の美少女に生まれ変わった真白は今この瞬間、主人公と敵対する悪役からメインヒロインの一人に昇格した。

これは主人公とヒロインとの邂逅《かいこう》であり、ここから新たな物語が紡がれようとしている。

そして真白は今バランスを崩して後ろ側に倒れ始めていて、尻《しり》もちをつきそうになっている。

このまま倒れたらスカートは捲《めく》れ上がり、下着は丸見えになってしまうだろう。

俺はその光景を知っている。『ふせこい』の物語の中でも似たような光景を何度も目にした。

ラッキースケベ——それはラブコメにありがちなイベントで、突然のハプニングによって起こってしまうもの。このままでは真白がその被害者になってしまう。

俺はこれから起こる事を察して咄嗟に手を伸ばした。

（……届け！）

心の中でそう叫びながら俺は真白に手を伸ばす。

真白が布施川頼人とぶつかった瞬間に、既に体は無意識の内に動いていた。

そして俺の強い想いと共に伸ばした手は、真白の腕を掴《つか》んで体を引き戻す事に成功する。

真白はそのまま倒れ込むようにして、俺の腕の中へとすっぽりと収まっていた。

「良かった……間に合った」

「ふぇっ……⁉　りゅっ、龍介っ⁉」

彼女の温《ぬく》もりを感じながら俺は安堵する。

どうにか最悪の展開だけは避ける事が出来たようだ。

腕の中で硬直している真白は頬《ほお》を赤く染めており、呆然《ぼうぜん》とした表情を浮かべている。

そんな俺達に教室中の視線が集まっていたのだが――俺は特に気にしなかった。

いや、気にする余裕なんてなかったという方が正しいだろう。

俺は真白を抱き上げたままゆっくりと立ち上がって、さっきからずっと俺達の様子を見ていた布施川頼人と対峙《たいじ》した。

出来る限り近付きたくないと思っていたが、こうなってしまえば仕方がない。

「し、進藤龍介……」

布施川頼人は俺からの視線を受けて狼狽《うろた》える。

俺達は主人公と悪役だ。原作では敵対して争う運命にある。

それを彼は本能的に理解しているのかもしれない。その瞳には敵意のようなものが窺《うかが》えた。

もしこれが原作にある展開なら悪役である進藤龍介は、主人公に向かって強い口調で怒鳴り散らしただろうから。けれど俺は――。

「――布施川くん。歩きスマホは学校ではしない方がいい。危ないからな」

「え……あ、ああ。ごめん、ちょっとＲＩＮＥしてて……」

「早く連絡を返したい気持ちも分かるんだけどな。ぶつかった相手に怪我《けが》をさせたら大変だし、特に教室の出入り口は気を付けないと」

「あ、ああ……そうするよ」

俺が穏やかな口調で注意を促した事に、布施川頼人は驚いたような表情を見せていた。

これも当然の反応だよな。

原作では決してありえない進藤龍介の態度。今までどうしようもない不良だった人間がまともな意見を述べて、一切怒鳴らないで注意を促す。これで驚かない方が無理な話だろう。

「それとちゃんと謝っておかないとな。ほら、ぶつかってしまった真白にさ」

「そ、そうだな。ま、前をよく見てなくて、本当にごめんな、えっと真白さん？」

「は、はい！　わ、わたしも気付かなくてごめんなさい……怪我はないですか？」

「俺は大丈夫。真白さんは大丈夫？」

「わたしも大丈夫です。その、ごめんなさい……」

真白も戸惑いながらも謝罪を述べる。

これで何事もなく一件落着。布施川頼人も今後は歩きスマホには注意してくれるはず。めでたしめでたしといったところで、俺は抱き上げている真白に向けて優しい口調を意識して彼女を安心させるように言った。

「真白、痛い所はないか？」

「大丈夫だよ、龍介。でも、さっきからずっと……お姫様抱っこ……」

真白は俺から目を逸らして、頬を赤く染めながら言う。

ちらりと見える真白の耳も真っ赤に染まっていた。

俺からお姫様抱っこされている事に照れているようだが、今は我慢してもらうしかない。

「保健室まで連れて行くよ。痛い所が今はなくても先生から診てもらった方がいい。さっき転んだ時に足を挫《くじ》いたようにも見えたし、念の為だ」

「で、でも授業が始まっちゃうし……」

「お前は真面目に授業受けてきたんだから、ちょっとくらい休んでも問題ないって。真白のクラスの先生にもしっかり説明しておくから心配すんな」

「でも……わたしはともかく、龍介の方が……」

「いいから。ほら行くぞ、しっかり摑まってろよ?」

「う、うん、ありがとね。龍介……」

そう言って真白は俺の首に手を回してぎゅっと抱き締めてくる。

そんな真白に優しく微笑むと、俺はそのまま彼女を抱えて教室を出ていった。

俺の腕の中で真白は頰を赤く染めながら何処か嬉しそうに笑っている。

真白を大切に抱き締めながら廊下を進み、俺はさっきの事を思い出した。

あの時、俺の手が届かなかったら、保健室へ真白を連れて行く事になったのは布施川頼人だったかもしれない。そうして主人公とヒロインの運命が交わって、やがて二人の恋の物語として発展していく。恋の物語が始まるきっかけは意外と些細《ささい》な事だったりするものだから。

(でも、今真白っていう最高のヒロインの傍にいるのは主人公じゃない。悪役の俺だ)

それが嬉しくてたまらなかった。

俺は真白と一緒に青春したい。

二人で力を合わせて、原作で語られた破滅の未来に立ち向かっていきたい。

その先にきっとあるのは等身大の俺と、そんな俺を大切に思ってくれる真白との二人だけのラブコメだと思うのだ。

「真白」

「ん？　どしたの、龍介？」

「いや、何でもない」

「ふふっ、変なの」

腕の中でくすりと笑う真白の笑顔を見て、俺は新たな誓いを胸に刻む。

真白と一緒に幸せになる為に俺はどんな困難にも恐れず立ち向かっていく。

真白の優しい温もりを感じながら、俺は保健室までの道のりをゆっくりと歩いていった。


真白を保健室に連れて行った後、俺は養護教諭に事情を説明する。

やはり真白はさっきぶつかった時に軽く足を挫いていたようで、湿布とテーピングで処置してもらう事になった。しかし無理はしないように念を押しておかないと、真白はまた元気いっぱいにぴょんぴょこと飛び跳ねる可能性がある。

そうさせない為にも俺はベッドで横になる真白の傍に付き添っていた。

「次の授業、体育だったんだな。無理はしないで保健室で休んでろよ」

「うん。体育の授業が終わるまで保健室でゆっくりしてる」

「よしよし、いい子だな。いつもみたいにあんまり飛び跳ねないようにな？」

「もう龍介ったら。わたしはそんなに子供じゃないよ？」

「どうだかな。ちょっと目を離したら、ぴょんぴょん飛び跳ねてるし」

「それは、龍介が傍にいてくれるのが……嬉しくて」

「……っ。全くもう、お前は平気でそういう事を言う……」

えへへと照れたように笑う真白から目を逸らして、俺は誤魔化すように頭を掻いた。

こういうところが真白のずるいところだ。

今みたいな台詞《せりふ》をさらっと言ってくるから、その度に俺の心拍数は急上昇してしまう。

俺の記憶にある真白という少女はいつも自分の気持ちを素直に伝えてきて、それが本当に心臓に悪い。澄んだ青い瞳は真っ直ぐに俺を見つめてくるし、桜色の唇は柔らかく弧を描いて慈愛に満ちていて、それに何よりあの笑顔に俺は弱いのだ。

そんな真白の傍にもっといてあげたかった俺だが、そろそろ授業に戻らないといけない時間だ。名残惜しいが行かなくてはならない。

俺は立ち上がって真白の頭を優しく撫でた。

「俺はそろそろ教室に戻る。遅刻はまだセーフだが欠席は何言われるか分かんないからな」

「うん、そうした方がいいと思う。でも、あの、行っちゃう前に一つだけ言わせて」

「どうした？」

俺を呼び止めた真白の頰はほんのり赤く染まっていて、視線は落ち着きなく泳いでいる。

そんな彼女は勇気を振り絞るように口を開く。

上擦《うわず》った声で、俺に向けてこう言った。

「わたしを助けてくれた龍介、すごく、すっごくかっこよかった。ありがとう、龍介」

真白は花のような笑みを浮かべると、恥ずかしがって白い毛布で口元を隠した。

その照れて赤くなった顔を見た瞬間、俺の胸がドキリと高鳴る。

思わず背中を向けてしまう程に俺の顔に熱が帯びていく。

顔を真っ赤にして俯《うつむ》く俺と真白。

甘酸っぱくてくすぐったい空気が俺達の間に流れている。

あまりのむず痒《がゆ》さにどうしていいか分からなくなった俺は教室へと戻る事にした。

「ほ、放課後また足の様子を見に来るからな。帰らないで教室で待ってろよ」

「うん、待ってる。また放課後にね、龍介」

俺は真白に手を振って保健室を後にする。

廊下を歩く俺の足取りはいつもよりずっと軽い。

やっぱり真白は可愛い。守りたい推しの笑顔。

彼女の事を考えるだけで心が温かくなるのだ。

それに主人公との邂逅と、恋の物語の始まりを阻止出来たのは大きい。それは真白が今も俺だけのヒロインでいてくれるという事。その事実が俺の心に温かな感情を与えてくれる。

近付くつもりのなかった主人公と思わぬ形で接触してしまったが、それが些細な事だと思えるくらいに俺は真白の言葉に心を揺さぶられていた。

　この気持ちが何なのか俺にも分からない。だけど今はただ真白の傍にいられる事を喜びたい。

　その想いを強くして俺は教室への歩みを速めたのだった。


　午後の授業が始まった後、クラスメイト達の視線が痛かった。

　それは選択科目の美術の授業中。俺は黙々と絵を描いていたのだが、時折感じる視線とひそひそと聞こえる会話の内容に首を傾げていた。

　俺と目が合うと慌てたように視線を逸らす生徒達。

　誰もが俺を気にしながら言葉を交わしている。

　その理由は俺が布施川頼人に歩きスマホを注意した事にあるらしい。

　俺としては話を大きくする事なく穏便に済ませる事が出来たと思っていたのだが、クラスメイト達の反応はそれと真逆のものだった。

　確かに原作の進藤龍介は主人公にいつもキツイ言葉で詰め寄って話を聞かず、常に喧嘩腰《けんかごし》で話をしていて周りの人間も関わりたくないと思っているような人間だった。

　敵対する主人公はもちろん、他の生徒達に対しても自分の都合や感情を優先させて高圧的に振る舞い、原作でも喧嘩をしているシーンが幾度となくあった。

けれど俺が転生してきた事で今の進藤龍介は原作とは全く違う性格になっている。

どうしようもない不良だったはずの俺が歩きスマホを注意するという展開が彼らにとっては意外で、どういう風の吹き回しなんだと思われるならまだ分かるのだが……。

ひそひそと聞こえるクラスメイトの会話に耳を澄ませば、どうやら俺が小さな声で布施川頼人を恫喝《どうかつ》したという話になっているのだ。

（全く……思い込みもここまでくると、凄いな）

玲央が体育の授業の時に言っていた事だ。布施川頼人は独特な雰囲気を纏っていて、クラスメイトは彼に近寄りがたい何かを感じていると。

俺はその近寄りがたい何かを主人公の放つオーラのようなものだと分析していた。

つまりクラスメイト――『ふせこい』のモブキャラ達は布施川頼人を物語の主人公として本能的に認識しているような節がある。

その本能的な認識がこの世界をラブコメ作品として成り立たせているんだなと思っていた。

そしてその影響は悪役である進藤龍介にも及んでいる。

布施川頼人を主人公と本能的に理解しているように、周りの生徒達は進藤龍介が主人公に敵対する悪役だと無意識の内に認識しているようなのだ。

そしてその認識によって彼らは俺と布施川頼人の昼休みのやり取りを、主人公と悪役による敵対イベントだと思ってしまったのだろう。

（俺達の会話、聞こえてなかったのかな……それとも何か裏があるって深読みしてしまっているのか？）

俺はただ歩きスマホは危ないと注意しただけ。

もちろんそれをクラスメイトに説明したのだが聞く耳を持ってもらえない。

悪役の俺がその程度で済ますはずがないと酷《ひど》い誤解を受けていた。

やっぱり主人公と悪役は水と油の関係。

結局は周囲に余計な誤解を与える結果になってしまった。

以前から主人公には近付かず静かに学園生活を送るべきだと思っていたが、その重要性を改めて認識させられた気がした。

意外だったのは主人公の布施川頼人の反応だ。

彼は美術の授業中、突然立ち上がって声を張る。

誤解しているクラスメイト達に対して『進藤は俺に歩きスマホを注意しただけだ』と釈明して悪役である俺に味方をしてくれたのだ。

（流石は布施川頼人、だよな）

自分が悪いのだと声を上げて周りに伝えられる人間は決して多くない。自分が誰よりも可愛くて、保身に走るのが人間という生き物だという事を前世の社畜時代に思い知った。そういうエゴに流されない姿はとても好感が持てるし、彼が主人公である所以《ゆえん》だと改めて認識した。

そんな布施川頼人のおかげで事態は一応の落ち着きを見せたのだが、他のクラスに話が飛び火してしまっているせいで少しややこしい事になっている。

現場に立ち会っていない他のクラスの生徒達がありもしない内容を噂にし、それがまた違うクラスに飛び火する。その繰り返しによって結局は俺の悪い噂を立てられて、まるで悪役である事を印象付けるような結果になってしまった。

（まあ、気にしても仕方ないんだけどな……）

悪役に転生した以上、こうやって悪い噂が立ってしまうのは仕方がない事なのだ。

それだけ原作の進藤龍介が酷い人物だったという話で、これを覆すには長い時間をかけていく必要がある。

未来はそう簡単には変えられない。だから俺は現状をなるべく受け入れて、それを打開する為にこれからも努力を続けていくつもりなのだ。

そうして今日の授業は全て終わり、放課後の時間になる。

主人公の布施川頼人はヒロインである花崎優奈と姫野夏恋を連れて、廊下で彼を待っていた生徒会長の桜宮美雪と合流し、四人で仲睦《むつ》まじく帰っていく。

俺は真白の容態を確かめて、必要なら家まで送ってから帰ろうと思っていた。

机にかけていた学生鞄を肩にかけて立ち上がったその時。

「龍介、ちょっといいかい？」

柔和な声音が聞こえて振り返る。

彼は「やあ」と軽く手を上げて爽やかな笑みを浮かべていた。

「玲央、部活はどうしたんだ？」

「部活はこれからだよ。と言ってもまだ始まるまで時間はあるけどね」

木崎玲央、主人公である布施川頼人の親友キャラ。

そして俺が今日の体育の授業で友達になる事が出来た人物だ。

玲央はゆっくりと俺の方に歩み寄ってくる。

その時に不安な気持ちがよぎって俺は彼から目を逸らした。

玲央は選択科目の関係で布施川頼人が釈明したタイミングで一緒にいなかった。

いつも昼休みになるとバスケ部の友達と一緒に昼食を食べるので、俺が歩きスマホを注意した現場も見ていない。それに他のクラスにも友達が多いから、あの一件が悪い噂として伝わっている可能性もあった。

友達になれたのに全部台無しになってしまいそうで、それが不安で仕方がなかったのだ。

「そういえば今日の事、話は聞いたよ。昼休みに色々とあって大変だったみたいじゃないか」

「……っ、だよな。友達の多い玲央なら当然聞いてるよな」

「まあね。他のクラスの友達が口を揃えて言っていたからさ。君が頼人に乱暴をしたって」

「……今、そんな風に言われてるのか」

事実無根な噂が独り歩きしている。その事に胸がズキズキと痛んだ。

ただ歩きスマホを注意しただけだったのが恫喝呼ばわりされて、それが他のクラスの生徒達によって更に話が盛られて、俺が布施川頼人を殴ったという話にまでなっている。

俺はそんな事やっていない。

それを説明しようとしても上手く言葉が出てこなかった。

今日友達になったばかりの悪役の言葉と、以前から仲の良かった友達の言葉。どちらを信じるかなんて明白で、それが分かっているからこそ俺は何も言えなかったのだ。

実際クラスメイトは俺の言葉を何一つ信用してくれなかった。主人公の布施川頼人が味方をしてくれたおかげで収まっただけで、俺自身の言葉は誰にも届いていない。

それがどうしようもなく悔しくて、やるせない気持ちをどうする事も出来なくて。

友達になれた玲央との関係が終わってしまうのが怖くて、俺は俯いて拳《こぶし》を握り締める事しか出来なかった。

だがそんな俺の考えとは裏腹に、玲央は優しい笑みを浮かべたままだった。

「今回の件、僕は他のクラスにいて直接その様子を見ていない。でも友達の話を聞いて思ったんだ。龍介は悪くないってさ」

「玲央、どうしてそう思うんだ？　周りは俺が布施川に乱暴したって言ってるんだろう？」

「確かにみんなは口を揃えてそう言ってるよ。でも君がそんな事をする人間じゃないって僕は知っているからさ」

玲央は俺が握り締めていた拳にそっと手を重ねて穏やかな目で俺を見つめてくる。

そして俺を安心させるように優しい口調で言葉を続けた。

「まあ既に聞き込みはしっかり済ませていてね。大体の予想はついてるんだ。頼人がスマホに集中していて周りを見ていなくて、君の幼馴染とぶつかって怪我をさせてしまった。そしてそれを注意しようとした君は頼人に詰め寄った。事の真相はきっとこんなところだろう?」

「真白が俺の幼馴染だって……どうしてそこまで知って……?」

「僕は顔が広いからね。君達の関係を知る友達がいるのさ。それで今の推理、当たってる?」

「当たってる。でもそれは玲央が聞いた話と全然違うじゃないか。なんでそう思ったんだよ」

俺は驚いて目を丸くしながら玲央の顔を見つめた。

玲央は当たり前のように、それが真実であるように答えてくれたからだ。

俺がどうしようもない悪役だと周りの人間が言葉にする中、それを踏まえた上で俺の無実を信じてくれていたのだ。

それがすごく嬉しくて、その優しさが温かすぎて思わず泣いてしまいそうになる。

そんな俺に対して玲央は優しく穏やかに言った。

「まだ僕と龍介の関係は浅いけどさ。君がただ乱暴に振る舞ったり、理不尽な怒りをぶつけたりするような人間じゃないっていうのは何となく分かるよ。君は真っ直ぐで誠実な性格をしていると思うんだ」

「一緒にバスケをしただけで、そこまで分かるのか？」

「いや。今まで授業の時とか休み時間の時とか、龍介の立ち振る舞いを見ていたからね。君が誠実で紳士な人だって事をバスケの時に再確認したってところかな。あの授業が始まるまでは確証に至ってなくて、警戒していたのは事実だけど」

「それは買いかぶりだ。俺は今まで学校にも来なくて、不良らしい事しかしてこなかった」

「それでも君は変わろうとしているじゃないか。僕には少なくともそう感じ取れた。今までの自分を変えて、真面目に生きようって頑張っている姿が伝わってきたんだ」

玲央の瞳には一点の曇りもなく、俺に対する敵意も感じられない。

彼はぽんっと俺の肩を叩くと爽やかな笑みと共に口を開いた。

「僕が言いたかったのは周りが龍介を何と言おうとも、僕は君の友達だって事。何かあったらいつでも相談してくれて構わないし、力になれる事があるなら遠慮しないで言って欲しい」

「玲央……」

俺は言葉が出なかった。まさかこんな言葉をかけられるなんて思いもしなかった。

彼は悪役である俺に対しても分け隔てなく接してくれるのだ。

それが嬉しかったし、そんな玲央に友達だと言われて本当に嬉しかった。

胸が熱くなる。目頭が熱くなって、目に涙が浮かんでいく。

俺は溢れる感情を堪えるように唇を噛み締めた。

そんな俺を見て玲央はからりと笑う。

「それに今回の件、悪いのは頼人だからね。龍介も言ったと思うけど校内で歩きスマホするのは危ない。たくさんの人がいるんだ、誰かとぶつかる可能性は十分にある。今回は軽い捻挫で済んで良かったけど、頭を打ったりして大怪我を負わせる可能性だってゼロじゃない。頼人、僕に怒られると思って黙ってるんだよ。全くもう、困った奴だよね」

玲央はやれやれといった様子で溜息をつく。

それを見ていた俺はようやく肩の力が抜けたように笑った。

玲央は本当に凄い奴だ。

何が正しいか、何が間違っているのか、周りに決して流される事なく自分の中で答えを出して、その意思をはっきりと誠実に示せる人間だ。

友達の為に清廉潔白で真っ直ぐで、自分の正義を貫こうとする玲央の強い精神に俺は改めて尊敬の念を抱いた。

俺が『ふせこい』で出会った理想の友達。

アニメで見ていたあの時よりも何倍も玲央は格好良く見えた。

それから玲央は教室の時計に目を向けてハッとする。

少し話しすぎてしまったと思ったのだろう。慌ててスマホを取り出してメッセージアプリを確認すると、申し訳なさそうに肩をすくめた。

「おっと、そろそろ練習が始まる時間だ。それじゃあまた今度だね」

「玲央。部活頑張れよ」

「ありがとう。龍介も気を付けて帰りなよ」

「分かった」

玲央は手を振り教室から出ていく。

俺も鞄を持って、玲央に続いて教室を後にした。

俺の背中を押すように窓から風が吹き抜ける。

その風に後押しされながら俺は真白が待つ教室に足を運んだ。


「心配かけちゃってごめんね、龍介。足はもう大丈夫みたいっ」

玲央と別れた後、俺は真白のいる教室に向かった。開けっ放しの扉をくぐると、教卓のすぐ横に真白の姿があって、笑顔を浮かべて俺の方に駆け寄ってくる。

普通に歩けているし、どうやら真白の言う通り足の方は大事には至らなかったようだ。

「良かった。でもさ、捻挫は軽症でも完治するまでクセになるって聞くから、なるべく無理しないようにしろよ」

「ふふっ。龍介ってば心配しすぎだよっ、わたしはそこまでヤワじゃないんだから。小学生の頃だって男子より元気に走り回ってたの、龍介ならよく知ってるでしょ？」

「それとこれはまた別の話だ。ほら、今日は俺が荷物持って家まで送るから。足を怪我した女の子に一人で帰らせるわけにはいかないだろ」

「えっ？　あ……」

俺は真白の手から通学用の鞄を取って肩にかける。

真白は一瞬驚いた顔をしたが、すぐに頬を赤らめて俺から視線を外す。

そんな彼女の様子に俺は首を傾げた。

「どうした？」

「え、えと……。龍介がわたしの事、女の子扱いするの初めてだなって……思って」

恥ずかしそうにしながら、か細い声でそう呟《つぶや》いた真白。

確かに言われてみたらそうかもしれない……俺が引き継いだ進藤龍介の記憶の中にあるのは、悪友である小金や大林と全く同じように真白を扱っていた光景だ。

幼馴染である真白とは昔から一緒に遊んでいた事も関係しているのかもしれない。

今までずっと進藤龍介という人間は彼女を異性として意識していなかった。

そんな俺にいきなり女性として扱われたら真白が戸惑うのは当たり前で、俺も少し調子に乗りすぎてしまったかと思っていたのだが。

「あのね、ちょっと……ううん、すごく嬉しいかも。ありがとね、龍介」

そう言って真白は微笑んだ。

桜色の潤んだ唇が柔らかな弧を描く、真っ直ぐに向けられた澄んだ青い瞳には俺だけが映っていて、窓から差し込む夕陽に照らされた真白は本当に綺麗だった。

ドキドキと高鳴っていく心臓の鼓動、熱を帯びていく頬。

それを悟られないよう俺は真白に背を向ける。

「か、帰るぞ。早くしないと暗くなる」

「うん。でもゆっくりね、わたしって怪我人だしっ」

「ヤワじゃないいんだろう？　少しくらい急いでも平気さ」

「もうっ、龍介ってば意地悪なんだから」

くすっと笑う真白につられて俺も自然と笑みが零《こぼ》れる。

そして俺は彼女の歩幅に合わせて、その隣でゆっくりと歩き出した。

夕焼けに染まった通学路を真白と二人で並んで帰る。

真白は夕日に照らされた頬を朱色に染めながら明るい笑顔を浮かべ続けた。

「ねね、龍介。二人で一緒に帰るの楽しいね。なんだかわたし嬉しすぎて幸せだよ」

「大袈裟だな。昨日だって一緒に帰ってるだろ」

「あれは途中からだったし、でも今日は教室からずっと一緒でしょ？　それに龍介ってば高校に入ってちょっとしたら学校に来なくなっちゃったし。寂しかったんだよ、わたしは」

「でも夜になったら毎日遊んでたよな？」

「夜に遊ぶのとはやっぱり違うよ。学校に来てお昼を一緒に食べて、放課後はこうやって二人で帰るのって。何が違うのかはわたしもよく分かんないけど、何か違くてすっごく楽しいよっ」

にひひ、といつもの悪戯《いたずら》っぽい笑顔を浮かべる真白。

（真白って本当にいい笑顔をするよな）

楽しげで幸せそうで、周りにいる人間の心を明るくしてくれる魅力があった。

この笑顔を見ているだけで真白を推したいという気持ちがどんどん強くなる。

俺は今、真白のおかげで幸せだ。

それから他愛もない雑談をして、しばらく歩いていく内に人気のない道に差し掛かる。

車の通りも一切なく周囲には静けさだけが漂っていた。

真白の家はもう少し先だが彼女はそこで立ち止まる。

「どうした？　もしかして足が痛むのか？」

「ううん、そうじゃなくて。お昼休みの事。龍介にちゃんとお礼を言いたいの」

「それは何度も言ってくれたろ。もう十分だって」

「わたしは言い足りないのーっ」

「分かった分かった。それじゃあ存分に感謝してくれていいぞ、ほれほれ」

「なにそれーやばっ！　感謝される気ゼロじゃんっ、もうー！」

頬を膨らませながら俺の腕を軽く叩いてくる真白、仕返しに脇腹《わきばら》を小突いてやると彼女はくすぐったそうにしながら楽しそうに笑い声を上げた。

ひとしきりじゃれ合った後、ふぅと息をつく真白は何処か真剣な眼差しで俺を見る。

その表情の変化に気付いた俺は思わず姿勢を正して彼女に向かい合った。

「転んじゃったわたしの事を保健室まで連れて行ってくれて、本当にありがとうね」

「当然の事をしたまでだ。大事にならなくて良かったよ、結構派手に倒れてたからな。あのままだと尻もちついていたろ？」

「うん、多分。どーんって転んだ気がする。それに助けてもらった後にお姫様抱っこされちゃって……実はすっごく恥ずかしかったんだよ？」

「まあ、あれは不可抗力というか。歩けなさそうだったし、仕方がないかなって」

「でもすごく嬉しかった。わたしの事を絶対に落とさないように抱えてくれて、保健室に連れて行ってくれて、ずっと傍にいてくれたから。心配してくれてたんだよね、ありがとう」

真白は両手を胸の前で重ねて、ぎゅっと握り締める。そして頬を赤らめながら微笑んだ。

彼女の仕草一つ一つが綺麗で可愛くて、そんな真白を守れた事がたまらなく嬉しい。

あの時は本当に心配していたのだ。周りの視線なんて気にならなくて、真白を早く保健室に連れて行く事で頭がいっぱいだった。

その気持ちが真白に伝わっている事が嬉しくて俺は口元を綻《ほころ》ばせていた。

それから真白は大きく深呼吸すると、意を決したように口を開く。

「それでさ、ありがとうってお礼を言うだけじゃなくて……龍介に伝えたい事があって」

「何だろう？　他にも何かあったっけ？」

「えっとね。わたしがぶつかった時、布施川くんに注意してくれたでしょ。歩きスマホは危ないからしないようにって。あの時の龍介ね、なんだかずっと前の真面目な龍介に戻ってくれたみたいで、わたしそれが凄く嬉しかったんだ」

「ずっと前の真面目な龍介……？」

「うん。不良っぽい事を始める前の龍介。昔の龍介は周りをよく見ていて、わたしが困っていたらすぐに助けてくれて、優しく手を差し伸べてくれるそんな人。でもいつからだろうな、周りを拒絶するようになってどんどん不良っぽくなって、学校にも来なくなって、乱暴で悪い噂ばかりが立つようになっちゃって。だからわたしはそんな龍介がずっと心配だった」

長く伸びた綺麗な黒髪を指先で弄《もてあそ》びながら、真白はゆっくりと言葉を紡いでいく。

その姿は過去の思い出を懐かしむように見えて、でも寂しさや切なさといった複雑な感情が交ざり合っているようで、俺には上手く彼女の表情が読み取れなかった。

だから俺は静かに真白の言葉に耳を傾ける。

「わたし、正直言ってずっと怖かったの。あ、龍介が怖かったって意味じゃないよ？　真面目だった龍介がどんどん変わっていって、いつかわたしの手の届かない所に行っちゃうかもって思って。それがすっごく怖かったんだ」

その言葉は紛れもない真白の本心だろう。

物語で語られた真白は遠ざかっていく進藤龍介を追いかけ続けて、自分自身も破滅の未来に足を踏み入れてしまう事になる。

大切な幼馴染を想うあまり、彼女は悲惨な運命を辿《たど》ってしまうのだ。

それを知っているからこそ彼女の告げる『怖い』という言葉の重みが分かる。

真白の悲しい結末を前世で見た俺は思わず下唇を噛み締めた。

「でもね、昨日から学校に来てくれるようになった龍介。わたしが憧《あこが》れた真面目な龍介に戻ってくれたみたいだって思ったの。布施川くんに注意してくれた時だっていつもなら怒鳴ってるところだよ。でも今日の龍介は穏やかに落ち着いて注意してた。それがね、なんだかすごく嬉しかったんだ」

真白は無邪気に笑う。

それは本当に真っ直ぐで純粋で綺麗な笑顔で、それを見て俺は胸が熱くなるのを感じた。

俺は正直不安で仕方がなかった。

進藤龍介という男は俺が転生してきた事で別人として生まれ変わっている。

どうしようもない不良から真面目に更生した今の進藤龍介の姿を見て、真白が受け入れてくれるのかそれとも拒絶してしまうのか。ずっと心の奥底で悩んでいたのだ。

だけど真白は言ってくれた。

真面目な龍介に戻ってくれて嬉しいと。

大切な宝物を自慢する少女のように無邪気な笑顔を見せながら。

「不良の龍介も寡黙でかっこいいと思うけど、わたしは今の真面目な龍介の方がいいな。どっちもかっこよくて好きだけど、わたしは今の龍介の方が好き」

真白から素直に今の龍介の方が好きだと言われて、胸の内から込み上げてくる熱に俺は顔を赤くしてしまう。

そして真白はそんな俺に向けて、にひひと八重歯を見せて悪戯っぽく笑うのだ。

照れている事を気付かれたのがむず痒くて、俺はつい視線を逸らしてしまう。

そんな俺を見て真白はまたおかしそうにクスクスと笑った。

「そうやって照れて目を逸らすのは全然変わってないね？」

「それは真白の気のせいだ」

「ふふ、誤魔化し方もずっと一緒。龍介はやっぱり分かりやすいね？」

「……っ。そんな事ない。俺はずっと無表情だった」

「あはは。それが龍介の無表情なんだ？　今も顔赤いしめっちゃ顔に出てるけど」

「ま、真白がからかうのが悪いんだ。それにな……あんまり男に好きとか言っちゃ駄目なんだぞ？　黒髪の清楚系にイメチェンしてから人気が急上昇中だし、真白みたいな可愛い女の子は……その、変な男に勘違いされて、付《つ》き纏われるかもしれないんだから」

「あは、龍介が可愛い女の子って褒めてくれた。嬉しいなあ。それにそうやって心配してくれるところも好きっ」

「だから真白。簡単に好きって言っちゃ――」

「分かってるよ。だってわたしの好きは……龍介にしか言わないしっ」

「え……？　真白、今のそれって……⁉」

「あは、一体何でしょう？　わたしに追いついたら教えてあげよっかな！」

にひひと悪戯っぽく笑って誤魔化すと、真白は俺が代わりに持っていた鞄を奪って走り出す。

「お、おい！　足！」

「大丈夫だって！　ほら早くーっ！」

真白の足取りは軽い。そしてその表情もまるでスキップをしているかのように弾んでいた。

俺は慌てて彼女の背中を追いかけるのだが、何故か胸の奥底からは温かい気持ちが湧《わ》き上がってくる。それは今まで感じた事のないような感覚で、とても心地の良いものだった。

◆

真白は浴室の中でシャワーを浴びながら、湯気で曇った鏡をぼうっと見つめていた。

「今日、すっごい楽しかったなあ……」

思い浮かぶのは今日一日の出来事。

朝から準備に大忙しでとても大変で、それでも龍介に変わった自分の姿を見てもらいたくて、喜んでもらいたくて一生懸命頑張ってみた。

自分を可愛いと褒めてくれた事や、怪我をしないように抱き上げてくれた時の感触。

そして保健室で傍にいてくれた時の彼の表情。

その一つ一つが真白にとって宝物で、きらきらと輝く宝石のような時間だった。

それを思い出して頬が緩み、口元がにやけてしまう。

胸がきゅうっと締め付けられるような甘い感覚がして、シャワーを浴びているからだけではない体の火照りが心地良くて、ずっと浸っていたくなるような、そんな気持ちだ。

どきどきとして落ち着かないのに何だかふわふわもしていて、そんな真白の心情を表したかのように彼女の長い黒髪は揺れている。

「龍介……」

真白は思わず大切な幼馴染の名前を呼んでしまう。

いつだって隣で支えてくれて、どんな時でも味方でいてくれた。

真白にとって龍介は誰よりも優しくて頼りになる、そんな彼女のヒーローだった。

けれどある日を境に龍介は変わっていって、いつしか真面目だった彼はどんどん悪い方向に進んで、学校にも来なくなってしまう。

その事実はとても辛くて、悲しくて、それでも何とか追いつこうと必死にもがいて、自分が彼に何が出来るのだろうと悩み、考え続けた。

そんな日々が続く中、龍介が珍しく学校へやってきた。

昔から変わらないぶっきらぼうな性格。けれどいつもと違う不思議な雰囲気。

そっけない態度の中に優しさが垣間見えた時、真白は改めて気付くのだ。

真面目で誠実で、真っ直ぐな龍介が戻ってきてくれたみたいで、心が弾んで嬉しさが込み上げてくる。だから真白は素直に思った事を口にした。

龍介が昔の彼に戻ってくれたようで嬉しいと。

それを聞いた龍介は照れた顔を隠すように目を逸らしたけれど、そんな仕草すらも愛おしいと感じるのだ。

「ふふ、龍介ってばいつもクールでかっこいいのに、今日は可愛いところもあったなあ」

髪を黒く染め直して新しい自分の姿を見せた時、驚いて椅子《いす》から立ち上がった龍介の慌てふためく姿はとても可愛かった。

照れて顔を赤く染めながら、それでも必死に褒めてくれる姿は見ていて本当に幸せで。

そして男子生徒とぶつかった自分を助けてくれた時、抱き上げてくれた龍介から聞こえた心臓の鼓動。彼の体温と鼓動が伝わってきて、どうしようもなく心が温かくなったのだ。

安心しきったように体を預ける真白に対して、彼は優しく受け止めてくれる。

「何でかな？　あんなにドキドキしたのは初めてかもしれない……」

龍介とはずっと一緒にいるけれど、今日のように胸の高鳴りを感じるのは初めてだった。

いつも傍にいる時に感じる安心感とは違う。

甘くて愛おしい不思議な感覚。

真白は自分の心に芽生えた初めての感情に思いを馳《は》せていた。

それから真白は一日の疲れをシャワーで綺麗に洗い流した後、最後にもう一度だけ湯船に浸《つ》かり体を温めてから浴室を出る。

丁寧にタオルで濡《ぬ》れた体を拭いて寝巻きに着替えた後、脱衣所に置いていたスマホにメッセージが届いている事に気付いた。

真白は濡れた髪をタオルで押さえながら、片手でスマホを操作して確認する。

「あ、舞香さんからだ」

龍介の母親で幼い頃から可愛がってくれている、真白にとってもう一人の母親のような存在からのメッセージ。

いつも連絡を取り合っていて、今日も何度かＲＩＮＥでやり取りをしていた。

内容はギャルっぽい見た目だった真白の大胆なイメージチェンジについて。

龍介の好みである清楚な姿に生まれ変わる為に、真白は舞香からたくさんのアドバイスを貰《もら》っていたのだ。

イメチェンが上手くいったのは舞香がいてくれたからこそだと感謝している。

そして真白は今さっき舞香から送られてきたメッセージに頬を赤く染めた。

『真白ちゃん、今日は大成功だったわね。龍ちゃん、私が帰ってきてから真白ちゃんのお話ばかりしてたわよ。すっごい笑顔であんな龍ちゃん見たの、久しぶりだったわ』

その文面を真白は何度も何度も読み返す。

ドクンドクンと心臓の音がうるさい程に高鳴っていて目が離せなかった。

突然の自分の変化に龍介が戸惑っていたのは確かで、それを不安に思っていたのも確かだったけれど、舞香からのメッセージは真白が望んでいた反応を予感させるもので更に胸が高鳴ってしまう。

その話がもっと聞きたくて返信のメッセージを打ち始めた時、舞香から電話が掛かってきた。

驚いて操作を誤りそうになったものの、真白は何とか落ち着いて通話ボタンを押す。

『もしもし、真白ちゃん。いきなり電話してごめんね』

「もしもし。大丈夫ですよ、舞香さん。何かありましたか？」

『んーん。ちょっと真白ちゃんの声が聞きたくなっちゃったから電話しただけよ』

「あは。わたしも舞香さんの声が聞けて嬉しいです」

スマホの向こうから聞こえてくる声は優しくて、それだけで真白はほっと安心してしまう。

舞香の声を聞きながらリビングへと戻り、真白はソファーに座って通話を続けた。

『それでね。さっきの龍ちゃんの事なんだけど』

「は、はい。実はわたし、すごく気になっていて。龍介……どうでしたか？」

『ふふ、安心して。大成功よ。真白ちゃんすっごく可愛くて綺麗だったって。そればかりずーっとなの』

くすくすと楽しそうな舞香の笑い声がスマホから聞こえてくる。

龍介の反応を嬉しく思いながら真白はしっかりと感謝の言葉を口にした。

「今日は朝からずっと緊張していたんですけど……龍介、そんなに喜んでくれていたんですね。これも舞香さんのおかげです。ありがとうございます」

『私は何もしてないわよ？　ただ女の子のオシャレを教えただけだからね。真白ちゃんの想いが龍ちゃんに届いたのよ』

可愛らしくウインクをしている舞香の姿が目に浮かんで、真白は微笑ましい気持ちになった。

舞香は昔から格好良くて頼りになって、優しくて綺麗で、大好きで憧れの人だ。

そんな舞香へ感謝の気持ちを抱きながら真白は通話を続ける。

それから舞香は自宅での龍介の事を詳しく、それはもう詳しく話してくれた。

食事中もずっと真白の話を龍介がしてくれていたようで、時折恥ずかしくなってしまうような言葉も交えていたけれど、その全てが真白を想ってのものだったので照れながらもしっかりと聞き入っていた。

真白はスマホを耳に当てながら、頬がふにゃふにゃに緩んでいくのを止められない。

声もふわふわとした浮ついた感じになって、それを聞いていた舞香にからかわれてしまった。

『真白ちゃん、幸せいっぱいって感じね？　ふふ、今どんな顔してるか想像出来ちゃう。真白ちゃんすっごく可愛い顔になってると思うわ』

「う……。今、にやにやしてるのが鏡を見なくても分かるのであまり指摘しないでください。は、恥ずかしいです……」

『こんなに照れてる真白ちゃんとお話しするの初めてかも。真白ちゃんってば可愛すぎるわ』

通話越しの舞香から聞こえる声は慈愛に満ちていて、真白は余計に恥ずかしくなってしまう。

顔が熱くてたまらないし、ふにゃふにゃと緩んだ頬が元に戻らない。

にやけた顔をどうにかしようと必死に手で押さえていたら、舞香はそんな真白の様子を悟ったのか話題を変えてくれた。

『ところで真白ちゃん。土曜日に龍ちゃんと遊ぶ予定なのよね？』

「はい、そうなんです。龍介がわたしに手作りの夕食をご馳走《ちそう》してくれる話になって。お買い物だったり、他にも遊んだり、龍介と二人でデートするんですっ」

龍介との土曜日のデートを考えるだけで真白の声が弾む。

真白がふわふわしていると、通話越しの舞香は明るい声で嬉しそうにしていた。

『それならデートに向けて服を選ぶのよね？　もし良かったら私にお手伝いさせて欲しいの』

「わわ！　是非お願いしたいです！」

『ふふ、任せて。真白ちゃんにぴったりな素敵な服を選んであげる』

「ありがとうございます！　えへへ、本当に楽しみです」

舞香は真白に対しても優しくて愛情深い為、楽しそうな声を聞いてとても幸せそうにしてくれる。今も二人のデートが成功するように願ってくれているのだろう。

母親のような温かさを感じられて真白も幸せな気持ちになる。

だからこれからもずっと見守っていて欲しい。

そして二人はデートについて話しながら、楽しい時間を過ごしたのだった。

第三章 ✿ 推しとお出かけ

episode 3

あれから学校が休みの土日になるまでの数日間。

布施川頼人《ふせがわらいと》と俺《おれ》の間にあった一件から生じた悪い噂は一旦《いったん》の収まりを見せていた。

というのも他クラスに友達の多い玲央《れお》が俺への誤解を解く為に奔走してくれたのと、布施川頼人が悪い噂を信じている生徒達に本当の事を話してくれた事が大きな要因だった。

根も葉もない噂のせいで学園から更に孤立してしまいそうになった俺だが、二人のおかげで誤解は解けてまた平穏な生活が戻ってきた。

布施川頼人との距離感が大きく変わったわけではないが、朝に顔を合わせると向こうから挨拶《あいさつ》をしてくれるようになった。

主人公と悪役。

水と油の関係だった二人が歩み寄るというのは原作には決してなかったもので、俺の悪役脱却における良い兆しだと感じていた。

それでも主人公との距離感を保ち続けて、遠くから見守るスタンスを変えるつもりはない。

俺は『ふせこい』の原作ファンとして主人公とヒロイン達が織り成す恋の物語が大好きだ。

だからその特別な空間に悪役である俺は不必要だと思っている。

彼らとは遠い所で、俺は俺なりの恋の物語を紡《つむ》いでいきたい。

悪役という逆境を乗り越えて、この世界で見つけた大切な人と幸せになってみせる。

それが悪役でなくなった進藤龍介《しんどうりゅうすけ》の物語なのだ。

そして体育の授業を通じて友達になってくれた玲央。

玲央はあれからも気さくに話しかけてくれるし、体育の授業になると積極的にペアを組んでくれた。彼の爽《さわ》やかな笑顔には何度も癒《いや》された。

俺の誤解を解く為に奔走してくれた事もそうだし、何かあったら相談して欲しいと言ってくれた事も本当に嬉《うれ》しかった。

玲央とはこれからも良い友達として仲良くやっていけそうだと俺は思っている。

そして何より俺の心の支えとなっているのは真白《ましろ》の存在だ。

俺を想《おも》い、俺の為に変わってくれた真白。いつも優しく無邪気な笑顔で俺の傍《そば》にいてくれた。

真白のその純粋な優しさに触れて、どれだけ救われたか分からない。悪役に転生してきて周りに敵だらけの状況で、初めからただ一人俺の味方でいてくれたのが真白だった。

俺は真白と二人で力を合わせて、悪役という物語の運命を変えてみせる。

真白が傍にいてくれるだけでどんな困難でも乗り越えられる。

そんな不思議な気持ちが湧《わ》き上がってくるのだ。

それと俺自身もこれからの学園生活の為に全力で頑張っていくつもりだ。

家に帰れば授業の予習復習、体を鍛える筋トレに、昨日からは更にランニングも始めた。

タバコや酒はきっぱりやめて、栄養バランスの取れた食事を取って早寝早起き、常に健康を意識している。

家族を大事にし、家事にも取り組み、とにかく自分に出来る事は全《すべ》てやる。

全ては真白と二人で最高の青春を送る為。

この世界で最高のハッピーエンドを迎える為に、その為ならばどんな努力も惜しまない。

そして迎えた土曜日。

この世界に転生してきてから初めての週末、思いきり羽を伸ばす事が出来る二日間。

俺はその週末に真白と遊ぶ約束をしていた。

今は出かける準備の為に自室で大きな鏡と向き合っている。

「さて……どれを着ていけばいいか」

クローゼットから取り出した大量の私服。俺が転生する以前の進藤龍介は典型的な不良であり、外出する時に着ていた私服のどれもが厳《いか》ついものばかりだった。

ヤンキーっぽい服、と言えば良いのだろうか。

背中に大きな龍が刺繍されたスカジャンに、ドクロが大きく描かれたシャツやパーカー、オラオラ系のド派手な見た目の上下セットのジャージ。

ゴツいブーツに、ゴテゴテの真っ黒なサングラス、金のネックレスやブレスレットなどアクセサリー類も派手めなものばかりだ。

中には『喧嘩《けんか》上等』なんてデカデカと書かれた特攻服まであって、こんなものを平然と身に着けて街中を闊歩《かっぽ》していた自分が恐ろしくなってくる。

恐らくだが悪役という役割を与えられた事で、進藤龍介は『ふせこい』の世界においてひと目見て不良だと、記号のように分かりやすい服装を無意識の内に選んでいたのかもしれない。

だがその縛りは俺という存在が転生してきた事で消えてなくなった。

不良時代に持っていた服はどれも着る必要のないものになったのである。

「しかし困ったな。学校では制服しか着てなかったから、私服の事なんてすっかり忘れてた」

外に着ていく服がないのだ。

俺は悪役を脱したい。

これまでのファッションは全て封印する必要がある。俺が求めるのは清潔感のある爽やかな服装であって、間違ってもヤンキー系やオラオラ系は求めていないのだ。

選択肢として残っているのは、綺麗《きれい》に畳まれていた地味な服。

あまり着る機会もなかったのか新品同様で今はそれがありがたい。

幸いにも進藤龍介という男は細マッチョでスタイルが良い。

背筋もピンとしていて顔立ちも悪くない方だ。

悪役としてそれなりの容姿を与えられており、厳つい強面《こわおもて》ではあるがイケメンと言って差し支えないものだと思っている。

この外見を活かしてシンプルで清潔感溢《あふ》れるファッションに挑戦してみよう。

そう考えた俺は早速地味めな服を身に着けてみる。

上に着ていけるのは無地のTシャツと薄手のジャケットしかないのでそれは固定として、下にはくのはまだ色々と選択肢があった。

ダボダボのズボンに穴の空いたダメージジーンズ、ハーフパンツに……おっとこれは？

クローゼットの奥にあった黒のスキニージーンズ。それを手に取って早速はいてみる。

細身のパンツが足の長さを強調してくれているおかげで、ただでさえ長身の俺がより一層格好良く見えている。そして無地のTシャツに薄手のジャケットを合わせるだけで一気に大人っぽく見えるようになった。

「悪くない……か？」

鏡の前で一回転して自分の姿を確認する。

うん……悪くはないと思う。これに合わせる靴は昨日買ったランニングシューズで代用しよう。スニーカーっぽくて色合いも地味なのを選んだから相性が良さそうだ。

もう少し何かあれば、と部屋の中をうろついていると――コンコンと扉をノックする音が聞こえてきた。

「龍ちゃん～。入るわよ～？」

　母さんの声が聞こえて俺の返事を待たずに扉が開いていく。

　そして母さんは部屋に入ったのと同時に俺の姿を見て固まった。

　あれ、この反応は一体……。

　まさか似合っていないとかそういう感じなのか？

　不安になりながら鏡の前で固まっていると、母さんは目をキラキラさせながら俺の方へと駆け寄ってきた。困惑している俺に構わず母さんは興奮気味に言う。

「龍ちゃん、いつもと全然違う服着てるのね！　うんうん、とってもよく似合っているわ！」

「似合ってるかな？　あまりこういう服着たりしないから少し不安でさ」

「外出する時のいつもの龍ちゃんって派手な服装ばかりだったけど、今の龍ちゃんは何だか爽やかなモテ男って感じがするわね」

「そ、そうなのか。母さんからそう見えるなら、一応成功ってとこか……」

「心を入れ替えたって言っていたけど、本当に変わったのね。凄《すご》いわ、龍ちゃん」

「まあね。今までの自分を変えようって色々と努力はしてるつもりなんだ」

「ふふ、少なくとも私から見たら今の龍ちゃんは上出来よ。他の人が見ても悪くはないって感じると思うわ」

「母さんがそこまで言ってくれるなら、とりあえずは安心出来そうだな」

俺はもう一度大きな鏡の前で全身を映す。

もう一工夫出来ればベストだが、現時点で出来る限りの事はした。

これならば外を出歩いても不良キャラとは思われないくらいにはなっているだろう。それに爽やかなモテ男、って評価を貰《もら》えたんだ。多少は胸を張っても良いかもしれない。

そうして鏡で自身の服装を確認していると、母さんがうふふと笑いながら口に手を当てた。

「真白ちゃんから聞いたわよ。龍ちゃん、真白ちゃんとデートするんでしょう？　凄い気合の入れようで私も嬉しいわ」

「デ、デートって……母さん。今日は軽い買い物をするくらいで、デートって言われるような事は何も……」

「あらあら。だって女の子と二人っきりで出かけるのよ？　普通はデートになるんじゃないかしら。それに龍ちゃんがそう思っていても、真白ちゃんはデートだ〜って喜んでたわよ？」

「……っ⁉　真白が……俺とデート？」

「今日は気合を入れて真白ちゃんの為に頑張ってあげなさいね。お母さんも応援してるから」

そう言って母さんは銀行の封筒を俺に手渡す。中を確認するとそこには三万円も入っていた。

高校一年生のお小遣《こづか》いにしては多すぎる金額で俺は驚きを隠せない。

しかし母さんはうふふといつも通りの笑顔で答えた。

「今日のデートの軍資金よ。最近の龍ちゃんは家事も頑張ってくれて、勉強にも熱心でしょう？　学校にも毎日行ってるし。だからお母さん、今日はいっぱいお小遣いあげようって」

「いや……流石《さすが》にこれは多すぎないか？　もっと少なくていいよ」

「ふふ、本当に変わったわね龍ちゃん。前の龍ちゃんは出かける時『遊ぶ金！』って、母さんから遠慮なくお金持っていったのに」

「う……それについては本当に迷惑かけたと思う。ごめんなさい、母さん」

「本当にもう悪い子だったんだから。でも今の龍ちゃんはとってもいい子。今も素直に謝ってくれるし本当にお母さん嬉しいの。だからちょっと甘やかしてあげたくなっちゃったのよね」

そう言って母さんは俺の頭を撫《な》でてくれる。その感触が温かくて俺は照れくさくなった。

今までどうしようもない不良だった俺が真っ当な人間に更生した事を、母さんは心から喜んでくれている。

この三万円はきっと変わってくれた俺への信頼の証でもあると思う。

酒やタバコ、夜遊びなど高校生が手を出すべきじゃないものからしっかりと離れて、貰ったお金を大切に使ってくれるだろうという母さんの想いが込められている。

その想いをきっちりと受け取って、俺は貰ったお金を財布の中にしまい込んだ。

「ありがとう、母さん。このお金は大切に使わせてもらうから」

「うんうん。偉いわよ龍ちゃん。それとね、そのお金で真白ちゃんをいっぱい楽しませて欲しいの。お母さん、龍ちゃんと真白ちゃんの関係を応援しているんだから」

「真白の為に……それに俺と真白の仲を応援してくれるだなんて」

「当たり前でしょう。私とパパにとって真白ちゃんが唯一の頼りで、龍ちゃんを更生してくれる人だって思ってたんだから。龍ちゃんが悪い事しすぎないよう、真白ちゃんはいつも見守ってくれていたでしょう?」

「見守ってたって……真白とは夜遅くまで遊んでただけで」

「全くもう、全然違うわよ。夜遅くに龍ちゃんが変な所へ行かないよう、真白ちゃんはいつもアパートに龍ちゃんを呼んでいたのよ?　だって龍ちゃん、お母さんが帰ってこいって言っても無視するんだもの」

「俺が夜、変な所に行かないように……」

「そうよ。お酒もタバコも駄目だって注意してくれたり。私にしてくれる龍ちゃんの近況報告だって、真白ちゃんがあなたの事を心配してくれているからなの。いつも二人で相談し合っていたのよ。どうしたら龍ちゃんが更生してくれるかって」

なるほど……そうだったのか。

母さんと真白が毎日連絡を取り合っていた理由がそれか。

確かに俺が転生してくる以前の進藤龍介という男は、転生してきた俺が恥ずかしくなるくらいに堕落していた。そんな俺と真白の仲は幼馴染《おさななじみ》の悪友で、彼女も同じような堕落した生活を送っているものだと思っていた。

だがそれは全て勘違いだった。真白が学校から帰って夜遅くまで俺と遊んでいた理由は、これ以上道を間違えないよう隣で見守る為。

俺の近況を母さんに話したり、俺の更生についての相談をしたり、酒やタバコをやめさせようとしたり――そういえば悪友の小金《こがね》と大林《おおばやし》も言っていたな。

不良行為をしようとすると真白は酷《ひど》く怒っていた、と。

俺の知らない所で真白は色々と動いてくれていた。

その行動の裏にあった真意を今になって知った。

「というわけで！　いつも迷惑ばっかりかけてた真白ちゃんに、今日はいっぱいお礼してあげなさい。龍ちゃん、夕飯作ってあげるんでしょう？　それも凄く喜んでいたわよ」

「そうだな。真白には感謝してもしきれない。その恩を少しでも返せたら、って思うよ。頑張ってくる」

「うんうん、その意気よ！　頑張りなさい、龍ちゃん！」

そう言って母さんは俺の背中を押して送り出してくれた。

母さんも期待してくれている。

俺が悪役を脱して、正しい道を歩んでいく事を応援してくれている。

俺はそんな母さんの想いに応《こた》えたい。

母さんにも俺が立派な人間になった事を喜んでもらいたい。

そして何より――。

ずっと隣で俺を見守り続けてきてくれた真白に、今までの恩を、感謝を伝えたい。

俺は改めて決意を固めると、その足で家を後にしたのだった。

◆

真白との待ち合わせ場所は駅前の広場。

当初は昼過ぎから遊ぶ予定だったのだが、真白が俺と一緒に昼食を食べたいという事で昼前の集合となった。

真白と合流したら、とりあえず街をぶらついて良さそうな飲食店を見つける。

それから二人で食事をとった後は買い物に向かって、今日の夕飯の材料を買いに行く予定だ。

そして俺の手料理を真白のアパートで振る舞ったら夜遅くなる前に帰宅する。

俺が転生してくる以前の進藤龍介なら、そのまま日付をまたぐまで真白の部屋でゴロゴロとしながら時間を潰《つぶ》すのだが、今の俺には帰ってしなければならない事がたくさんあるのだ。

今日の予定を整理しながら待ち合わせ場所に辿《たど》り着いて――そこで俺は目にした。

いや目を奪われた、と言った方が正しいいか。

駅前の噴水広場。

そこに設置されたベンチに腰掛ける一人の美少女、真白の姿があった。

さらりと流れるような光沢のある長い黒髪に、何処《どこ》か寂《さび》しげな雰囲気を感じさせるような伏し目がちな青い瞳《ひとみ》。

膝《ひざ》丈の白いワンピースに身を包み、それが一切《いっさい》のくすみのない滑らかな乳白色の肌と相まって清楚《せいそ》で可憐《かれん》な女性らしさを引き立てる。

誰《だれ》よりも美しく整った顔立ちは、見る者を惹《ひ》きつける魅力に溢れていた。

そんな大人しそうな少女は物憂げに空を見上げて、その姿は一枚の絵のように美しかった。

思わず息を呑《の》む程だ。

制服姿の時も最強の美少女だった真白が、私服姿で更に可愛《かわい》くなっているなんて反則だろう。

あまりの可愛さに周囲の人々はぼうっと見惚《みと》れていて、近くを通りがかった人も立ち止まって視線を向ける。

まるで真白のいる空間だけが鮮やかに彩《いろど》られているかのようだ。

（やばい……真白の私服姿がマジで尊い）

その尊さに目を奪われてしまったが、さっきからずっと真白を待たせている事を思い出す。

いつまでも見惚れている場合ではないと俺は駆け足で真白の所へ向かった。

すると真白も俺に気付いたようで、こちらに視線を向けた後——ぱあっと表情を明るくして花が咲いたような笑みを浮かべてくれる。

それから嬉しそうに俺の方へ手を振って、満面の笑顔で迎えてくれるのだ。

「やほやほっ、龍介！　こっちだよ！」

「よう、真白。遅くなったみたいだな、すまん」

「わたしもさっき来たばかりだから気にしないで。龍介と遊ぶのが楽しみすぎて、ついつい早く家を出ちゃったの。えへへ」

「今日は随分と上機嫌だな。それと足の具合はどうだ？　まだ痛むか？」

「ううん、痛くない。見ての通り平気だよ。ほらこの通り元気いっぱいですっ」

真白はベンチから立ち上がると、その場でぴょんと飛び跳ねてみせる。膝丈のワンピースがふわりと浮かんで、柔らかそうな太ももがちらりと見えてしまって俺は慌てて目を逸《そ》らした。

「ば、ばかお前。無理するな」

「あはは、ごめんごめん。でも本当にもう大丈夫なんだよ」

「でも飛び跳ねるのは禁止。分かったらいい子にしてろよ？」

「はーい。気を付けますっ！」

にひひと無邪気な笑顔を浮かべる真白。

その可愛い私服姿と合わさって、それはもう眩《まぶ》しいくらいに良い笑顔だった。

「それじゃあ先に昼飯だな。何食べたい？」

「んーとね、ラーメンとかどうかな？　駅チカに美味《おい》しい味噌ラーメンのお店があって、前から行ってみたいなぁって思ってたの」

「おいおい、ラーメン食べたらその白いワンピが汚れるぞ」

「あっ……そっか。ついいつもの感じで言っちゃった……」

「まあ仕方ないさ。いつもの真白なら動きやすい服装で来ていただろうし」

こうやって清楚で可憐なワンピース姿を真白が披露するのは、俺が知る原作の内容と進藤龍介の記憶も含めて初めての事なのだ。

真白は髪を黒く染め直して、濃いめの化粧からナチュラルメイクに、俺が以前に言った好みの姿に変わってくれた。そして俺の好みに合わせて着慣れない清楚な服装をしてきてくれている。だから俺もそんな彼女の姿に目を奪われた。

「喫茶店にでも行ってゆっくりするか。パンケーキなんかも美味《うま》いしな。真白は何がいい？」

「ん～……とりあえず冷たいカフェオレ飲みたいかもっ。甘いやつ」

「了解。んじゃ行くぞ」

「はーいっ！」

俺達は並んで歩き出す。

隣で無邪気な笑顔を向けてくる真白の姿を見ているだけで、自然と頬《ほお》が緩んでしまう。

今日は今までのお礼に、真白の事を精一杯楽しませてあげなきゃな。

それから俺達は駅の近くをぶらりとうろついて良さげな喫茶店を見つける。

お洒落《しゃれ》な外装に、窓から見える店内には女性客が多い。スマホで店名を調べると評判も上々で、何より口コミに寄せられた料理の写真がどれも美味しそうに見えた。

前世で喫茶店のバイトをしていた事もあって、こういう店の当たり外れはよく分かる。

その経験から言ってもまず間違いないだろう。

「真白、昼はこの店でいいか？」

「うんっ。わたしは龍介がいいって言うなら何処でもおっけーだよ」

「よし、じゃあ入るぞ」

真白を連れて店内へと入る。ふわりと漂う香ばしいコーヒーの匂《にお》い、洒落たジャズの音色、清潔感溢れる店員、そして客層を見れば一目瞭然。やっぱりこの店は当たりだ。

女性に合わせた空調に、程よい暗さと落ち着いた内装、木の温《ぬく》もりが感じられるテーブルに柔らかそうなソファー。

その店内の様子を眺めながら真白は青い瞳を星のように煌《きら》めかせていた。

「わあ……すっごく素敵だね。なんか大人っぽい雰囲気で落ち着く感じがする」

「そうだな。それにこの辺りだと料理も美味しくて評判もいいらしい」

「龍介、こんなお店知ってたんだ。さすがっ！」

「知ってたっていうか、まあこの手の情報はネットで調べたらすぐ出てくるからな。ぱっと見でもいい感じがしたし」

「龍介ってば頼りになるなあ。えへへ、ありがとね」

「褒めても何も出ないからな」

「はいはいっ、分かってます。龍介は照れ屋さんだもんねえ」

俺がぶっきらぼうに答えると真白はからかうように無邪気に笑った。

それから真白と一緒に案内された席に向かう。木の温もりを感じさせるテーブルと柔らかそうなソファーのセット。そこに向かい合って腰掛けた。

真白は嬉しげにメニュー表を開くと、そこからあれこれと悩んでいるようだった。

「真白、とりあえず冷たいカフェオレが飲みたいって言ってなかったか？」

「そう思ってたんだけど、ドリンクのメニュー見たらどれも美味しそうで……」

「なるほどな。確かに種類もたくさんあるし、これは目移りするのも仕方ないな」

「龍介は何が飲みたいの？　参考に教えて？」

「うーん、俺は普通にコーヒーでいいかな。さっき店に入った直後にコーヒー豆のいい香りがしたろ？　それで飲みたくなってさ」

「アイス？　ホット？」

「ホットかな。寒いわけじゃないけど、せっかくだし温かいやつが飲んでみたい」

「分かった！　じゃあわたしも同じのにするっ！」

「いいのか？　冷たいのが飲みたいんだろ？」

「外にいた時は暑いから、お店に着いたら冷たいのが飲みたいなーって思ってたんだけど、ここって涼しいし。だから温かいのでもいいかなって」

「温かいのでいいならおすすめがあるぞ。さっきスマホで調べた時にいいのを見つけてさ」

「うん？　どんなの？」

「ラテアートだよ。ほら真白が見てるメニューの次のページ、写真が載ってるだろ？」

「わっ。ほんとだ、めっちゃ可愛い、やばっ！」

真白の目が輝いた。

彼女の視線を釘付けにしているのは、カフェラテとコーヒーカップに乗っかるミルクで出来た可愛い猫。真っ白なフォームミルクがふっくらと膨らんで猫の形を作り上げ、その上にはコーヒーで猫の顔が描いてある。

「写真だけでこんなに喜ぶなんてさ。実物見たらどうなるんだ？」

「わ、分かんない。でもきっと凄いんだろうなあ……あっ、ねえ龍介。もしかしてこのカフェラテを頼めばわたし達も同じのを貰えるの？」

「ああ。メニューの一つだからな。猫だけじゃなく他に犬とか色々やってくれるみたいだけど、真白はどんなのがいい？」

「わたしは写真にも載ってるこの猫ちゃんがいいかなっ。わたし猫めっちゃ好きだから！」

「そういえば、真白の猫好きは筋金入りだもんな」

「うんっ。わたしのアパートにたまに遊びに来る白猫、龍介も知ってるでしょ？　白猫のシロべえって言ってさ。もうすっごく可愛くて毛並みとか綺麗で賢いのっ。あーシロべえの話してたら会いたくなってきたなあ……」

「あー、なんか思い出してきた。よその家の飼い猫だよな、真っ白でもふもふの」

「そそっ。近所の人が飼ってるにゃんこだよっ。シロべえって頭いいから、鍵《かぎ》かけ忘れてると窓からお外に出て散歩しちゃうんだって」

「それだと毎日は会えないわけだな、シロべえとは。なら今度猫カフェでも行くか？　あそこならモフり放題だぞ」

「ほんとっ⁉　行く、絶対行く！　約束ね！」

猫カフェという言葉を聞いて真白が身を乗り出して興奮する。

青い瞳をきらきらと輝かせて、猫に囲まれる幸せな光景を想像しているようだ。

最強の美少女である真白が可愛い猫達に囲まれる光景……か。何それ、楽園すぎない？　真白と猫が戯れる光景を想像したら俺までわくわくしてくるんですけど。

しかし、悪役の俺と猫カフェはあまりに相性が悪い気がするので（多分猫から威嚇されてそれどころではない）、実現するのはもう少し先になりそうだ。

そんな他愛《たわい》もない話をした後、店員を呼んだ俺達は早速注文をする。

真白はさっき話をしていた猫のラテアートを、俺は普通のホットコーヒーを頼んだ。

俺の頼んだコーヒーが運ばれてきたそのしばらく後、ラテアートを崩さないよう丁寧な足取りでやってきた店員。

店員がゆっくりとテーブルの上に置いたコーヒーカップには、フォームミルクで作られた可愛らしい白猫が乗っている。

そして猫の周りを囲むように描かれているのは湯気の立つコーヒーの絵でこれがまた細かい。

写真を見ただけでも瞳を輝かせていた真白だが、実物を見た彼女の反応は大興奮と言えるものだった。口元に手を当てながら驚きと感動が入り混じった声を上げる。

「わあ……すごいっ」

「写真で見るより可愛いって凄いな」

「う、うんっ。ちょっと本気で感動しちゃった。あっ、ストーリーに写真上げとこっ！」

真白はラテアートを色んな角度から撮ってすぐさまＳＮＳに投稿し始める。

満面の笑みを浮かべながら文字を打ち込む真白。

そんな彼女の姿にほっこりしながら俺はコーヒーを味わいつつ一息つく。

やはり美味しい。苦味と酸味のバランスが良くてとても飲みやすい。豆がいいんだろうな。

前世で働いていた喫茶店もなかなか良い豆を使ってコーヒーを提供してたけど、あの店に負けず劣らずという感じがする。

そうしてコーヒーを味わっているとＳＮＳに写真を投稿した真白がスマホから顔を上げた。

それからにひひ、と俺にいつもの無邪気な笑顔を見せる。

「ありがとねっ、龍介！　こんなに楽しいの久しぶりかも！」

「そいつは良かった。でも今日はまだまだこんなんじゃ終わんないからな。覚悟しとけよ？」

「もちろん！　いっぱい遊ぼうねっ！」

笑顔を浮かべる真白と一緒に俺は喫茶店で楽しいひと時を過ごした。

可愛い猫のラテアートを飲むのに躊躇《ちゅうちょ》する真白。それを面白《おもしろ》おかしく茶化す俺。

ようやく決心してラテアートに口を付け、真白は想像以上の美味しさに驚いていた。

その様子を微笑《ほほえ》ましく眺めながら俺もコーヒーを口に運ぶ。

それから注文したランチを二人で味わって、食後のデザートにパンケーキを食べながら雑談に花を咲かせる。

本当に楽しくて幸せな時間だった。

名残惜しさもあったが俺と真白は喫茶店を後にする。彼女はここを随分と気に入ったようで、店を出た後「また来ようねっ、龍介！」と嬉しそうに言ってくれた。

そして次に向かったのはこの辺りで一番大きなショッピングモール。

休日という事もあって中は多くの人で賑《にぎ》わっていて、その人の多さに最初は少し戸惑っていた俺と真白だったが、いざ歩き始めるとその雰囲気にすぐ馴染《なじ》んでいった。

「ねえ龍介。こうやってお昼から一緒に、大勢の人がいる所に来るのって久しぶりだよね」

「だな、夜ならそこまで珍しくないんだが。真白は欠かさず学校行ってるし、土日だって昼間は俺達の誘いをパスする事が多かったろ」

「そりゃねー。休みの日くらいは家にこもって勉強しなきゃ。溜《た》め込《こ》んでいる課題を一気に消化してるんだよ？」

「土日の昼間に勉強してたのか。知らなかったな……だからいつも断ってたのか」

「だってテストで赤点取るわけにもいかないし、提出物だってちゃんと出さなきゃだもん。龍介はほらっ、そういうの関係なしに遊んでたから。すっごく心配してたんだよ？」

「それについては返す言葉がないな……。これからはしっかりするとだけ言っとくよ」

「よろしいっ。あ、そういえばさ、夕飯の食材だけじゃなくて服とかも見たいんだけどいいかな？　最近全然買い物出来てなかったから」

「それには賛成だな。せっかくの機会だし俺も色々と見ていきたい」

今日も支度《したく》の時に着ていく服が見つからなくて割とやばかったし、真白がいてくれるなら女性目線で服のアドバイスを貰えるかもしれない。

悪役を脱却する為にも衣服などの用意は欠かさない方が良いだろう。

こうして俺達は食料品コーナーではなく、ショッピングモールに立ち並ぶ様々な店を見て回る事にした。

まず俺達の目に留まったのは小洒落《こじゃれ》た感じの雑貨屋だ。

中を見ていきたいと真白が服の袖《そで》を引っ張りながら言うので、俺は素直に従って彼女と共に店内へと入る。店内にはアクセサリー類はもちろんの事、文房具や食器なども置いてあって品揃《ぞろ》えが豊富だった。

真白は並べられた商品を見て楽しそうに目を輝かせる。

あちこち見て回って動き回る様子は小動物みたいで可愛らしい。

「ねねっ、龍介見て。これとっても可愛いよ」

「ん、どれどれ？」

真白が見せてきたのは可愛らしいローズゴールド色のピアスだった。

シンプルなハート形でアクセントに良いかもしれないな。

「あ……でもわたしピアスするのやめたんだ。あぶないあぶない、すっかり忘れてた」

「そういえば真白って、髪を黒く染め直してからピアス着けてないな」

「うん。だって龍介がタイプな清楚系の女の子を目指すんだったら、ピアスは必要ないかなーって。今は髪を下ろしてるからどっちにしろ目立たないし」

「そっか……俺のタイプの女の子を目指す為、か」

なんとなく呟《つぶや》いた俺の言葉に真白は小さく反応を示す。

俺の瞳を覗《のぞ》き込みながら照れくさそうに真白は言った。

「そうだよっ。龍介の為」

八重歯を見せて、にひひと悪戯《いたずら》っぽい笑みを浮かべながらウインクしてくる真白。

真白の言葉と仕草に、一気に顔が熱くなるのを感じて俺は思わず顔を逸らした。

一体何て返事したらいいんだ？

俺の為に頑張ってくれてありがとう、とか？

いやいや小っ恥ずかしすぎて口に出せん、どうすれば。

答えに迷って真白の方をちらりと見ると、彼女もまた自分の発言に恥ずかしくなったのか頰を赤くして俯《うつむ》いている。全くもう……可愛すぎるだろ、この幼馴染様は。

それから真白は気を取り直すように咳払《せきばら》いをすると、すぐ横のネックレスに手を伸ばした。

「ピ、ピアスはいらないからネックレスでも買おっかな。どうこれ、可愛くない？」

そう言って真白は首に合わせるようにネックレスを持って俺に見せてくる。

それは銀細工のネックレス。彼女の胸元《むなもと》で三日月形のチャームが輝いている。

値段もそんなに高くないし高校生が着けていてもおかしくはない。

清楚な黒髪美少女になった真白によく似合っていた。

「悪くないと思うぞ。それ欲しいのか？」

「どうしよかなーって考え中。わたしって結構勢いで選ぶからさ、このまま龍介にひと押しされたら多分ね」

「じゃあひと押しするか」

「えへへ、お願いしますっ」

俺は微笑む真白の手を取ると、彼女の小さな手の中にあったネックレスを持ち上げた。

「りゅ、龍介？　わたしの言ってるひと押しって買って欲しいって意味じゃ……」

「分かってるよ、そんなの。普段から世話になってる礼だ。たまには男らしい事させろ」

「わわっ……⁉」

俺は戸惑う真白の手を引いてレジへと向かう。

(母さん、使わせてもらうな)

店員にネックレスを預けると俺はすぐに財布を取り出した。

「すみません、それプレゼント用にお願いします」

「かしこまりました。包装いたしますので少々お待ちくださいませ」

店員は慣れた様子で素早くラッピングを施していく。

その様子を見ていた真白が驚いたように口をぱくぱくさせていた。

まさか俺がこういう事をするなんて思ってもいなかったんだろうな。

俺自身も柄じゃない事は自覚しているし、だけど母さんから言われて思ったのだ。

今まで頑張ってくれた真白の為に、今度は俺が頑張ってあげなきゃなって。

だからこの程度はなんて事ないし、母さんは真白へプレゼントする為にたくさんのお小遣いをくれたのだから。というわけでこれは俺から真白への恩返しなのだ。

それから会計を済ませて綺麗にラッピングされた箱を受け取った。

赤いリボンが結ばれた可愛らしい箱を真白に手渡すと、彼女は小さな手の上に収まったその箱を見てから、ぎゅっと胸元でそれを抱き締めた。

嬉しさで緩んだ表情を隠すように、真白は体を寄せて俺の胸に頭を押し付けてくる。

「ありがとね、龍介。すっごく嬉しいよ」

「そうか、喜んでもらえたなら良かったよ」

実を言うとプレゼントを渡すなんて慣れていないからかなり緊張したが、真白がこうやって喜んでくれた姿を見て安心した。

ただ問題があって、ここは人の多い店内で、しかもレジの前。そんな場所で俺と真白がこうやってくっついていれば注目を浴びるのは当然の事で――。

周りの客は微笑ましいものを見るような視線を俺達に向けていて、それが猛烈に恥ずかしい。

周囲の視線に気付いた真白は顔を上げて、頬を紅潮させながら慌てた様子で俺から離れた。

「りゅ、龍介……次のお店、行こっか……？」

「あ、ああ……だな」

俺達は逃げるようにして雑貨屋を出る。俺の隣で大事そうにネックレスの入った箱を抱える真白を連れて、次は服屋に足を運ぶのだった。

◆

「ねえ龍介、どうかなっ？」

「悪くない、と思う」

「じゃあこれは？」

「うん、悪くない」

「もう。褒め方が不器用！　悪くない、禁止っ！」

「す、すまん……なんか照れくさくてだな」

「まー龍介ってばすぐに顔に出るから、口にしなくても分かっちゃうんだけどね。さっきもほんとは可愛いって思ってくれたでしょ？」

「……っ」

「あっ、また赤くなった！　龍介、ほんと分かりやすいんだからっ」

そう言って無邪気に笑う真白による、服屋の試着室でのファッションショーが今まさに行われていた。

先程から真白は色々な服を着ては俺に見せてくるのだが、俺の好みのタイプが清楚系だと分かった為か、真白が披露してくれる服はどれも清らかで可憐な服ばかり。

今着ている柔らかなシフォンブラウスとスカートの組み合わせも、露出が少なく上品で清潔感があり、それでいて女の子らしさを感じさせる可愛さがある。

髪を黒く染め直した事もあって、小さくて華奢《きゃしゃ》な真白には清楚な服がとてつもなく似合う。

それに真白の選んだ服のチョイスはどれも絶妙で、素晴らしいとしか言いようがなかった。

まあ月並みに褒める事すら出来ていないのだが。

ただ俺の中での一番は、今こうして披露してくれている店にあった服ではなく、今日ずっと真白が着ていた膝丈の白いワンピースだった。あれは本当に可愛かった。天使のように愛くるしくて、もっと推したいと真白への尊さが更に溢れてきた程だ。

行き交う人達も白いワンピース姿の真白に釘付けで、真白に話しかけようとしていた男達を俺が何度も牽制する事になった。

世界の最強の美少女は伊達《だて》じゃない。

真白が千人の男性とすれ違えば、その千人全員が振り向くレベルの最強無敵の可愛さなのだ。

そんな最高のヒロインを主人公である布施川頼人を差し置いて、悪役である俺が独り占め出来ている。何だか優越感を覚える瞬間だった。

そんなこんなでカーテンの向こうにいる真白がまた着替え終わったようだ。

そしてカーテンが開くと、真白はその場でくるりと一回転してみせた。

柔らかな黒髪がふわりと浮かび、フリルで飾られたワンピースの裾が満開に咲いた花のように広がった。星のように煌めく青い瞳が真っ直《ます》ぐに見つめてきて、俺は思わず息を呑む。

その光景は、あまりにも幻想的で、現実離れしていて、まるで絵画の中にいるような気分になる程に美しかったのだ。

彼女が着ているのは俺が一番だと思ったあの白のワンピース。

その姿はやはり特別で俺が見た真白の中で一番の輝きを放っている。

俺が見惚れて言葉を失っていると、真白がにひひと悪戯っぽい笑みを浮かべて言った。

「やっぱり龍介ってばこの服が一番好きなんだね。反応が今までと全然違うし」

一言も口にしていないのだが、どうやら真白の言う通りで俺は顔に感情が出やすいらしい。

真白のワンピース姿が俺の一番だと言い当てられて、その恥ずかしさに頬が熱くなる。

俺の反応を見て満足げに微笑む真白は、試着に持ってきた服を全部買い物カゴに入れた。

「他の服も龍介の好みだったみたいだし、今月は余裕あるから全部買っていこっと。このワンピは龍介との特別な時にだけ着る事に決めたから」

「余裕あるって言っても、全部買っていくのか？　ええと……結構いっぱいあるよな？」

「大丈夫！　先月はたくさん稼げたからさ。これくらいなら全然平気なの」

「たくさん稼いだ？　真白ってバイトしてたのか？　初耳なんだが」

「うんとね、自分で作ったネイルチップをネットとかで販売してるんだ。結構売れるんだよー？　みんなデザインを褒めてくれたり、可愛いって評判なの」

「へえ、そうだったのか。それで今日は気合を入れて来たわけだ」

「まあね。ほら、わたしって今までずっとギャルっぽい服しか着てなかったでしょ？　だから清楚な感じの服って持ってないの。龍介とのデートまでに買えたのがこのワンピしかなくて、だからこれからの外出用にたくさん買い揃えるつもりなんだー」

「そっか。じゃあ真白も俺と同じ状況なわけか」

「わたしと同じ状況って……服の事？　あ。そ、そうだ。服の事でずっと言いそびれてた事があったんだけどさっ、龍介って服の感じ変えたよね」

真白は長い髪を指先で弄《いじ》りながら話を続ける。

その顔は何故《なぜ》か真っ赤《か》になっていて、視線も何処か泳いでいた。

「い、いつもはさ。ヤンキーっぽいっていうか、ちょっと悪そうな感じの服装だったでしょ」

それはそうだ。俺が転生してくる以前の進藤龍介にとってはそれが普通だった。

不良である事を貫く為に、中身だけではなく外見まで徹底していた。

「で、でもね！　今の龍介の服装って爽やかで清潔感があって、えっと、その――」

言い淀《よど》んでいる真白の顔がどんどん赤くなる。耳まで赤くしてもじもじして、恥ずかしがりながらも勇気を出して、彼女はその想いを言葉にして伝えてくれる。

「――すごく似合ってて、かっこいいなって思うの。ううん、ただかっこいいだけじゃなくて、超かっこいい」

「……っ」

そんな彼女の言葉に俺も耳まで赤くなる。だが目を逸らせなかった、真白の青く透き通った瞳が俺の心を捉《とら》えて離さなかったのだ。

「あのさっ、ほんとは待ち合わせ場所で会った時に言いたくて。龍介やばっ、めっちゃかっこいいって……。でも、あはは……照れちゃって言えなかったんだよねっ。だってかっこよすぎてさ。上手な褒め言葉が出てこなくて、今もあんまりかもしれないけど」

照れを隠すように真白は早口になって、そしてまた顔を俯かせる。けれど俺はそんな真白を見て、彼女も俺と同じ事を思ってくれていたんだなと嬉しく思った。

そして真白は勇気を出して伝えてくれた。

ならば俺も彼女の為に、自分の気持ちを伝えなければならない。

俺は深呼吸して、ゆっくりとその気持ちを言葉にして紡いでいく。

「実はな、真白……俺も同じでさ、駅前で待ち合わせ場所にいる真白を見た時に……めちゃくちゃ可愛いって思って。で、すぐに声をかけられなくて見惚れてたんだよ。だから、今になってようやくだけど……その白いワンピ着てる真白、最強に可愛いです……はい」

恥ずかしさで顔を真っ赤にしながら俺は頬を掻《か》く。

だけどようやく伝えられた、真白を褒める事が出来た。

真白は俺の言葉を聞いて一瞬きょとんとした表情を見せたが、すぐにまた無邪気に可愛らしく笑ってくれた。その笑顔は今までで一番の輝きを放っていて、俺はまたその美しさに目を奪われてしまう。

「龍介はほらっ。顔に言いたい事が出ちゃうから、だから全部分かってたよ。でもそうやって言ってもらえるのは全然違うね。えへへ、嬉しすぎて心臓がすごい事になってるっ」

そう言いながら胸元に手を当てて、真白は自分の鼓動を確かめる。

俺も真白と同じように破裂しそうなくらい高鳴っている心臓を押さえつけた。

そして俺達はお互いに見つめ合う。それから真白は俺の手を握った。

柔らかく小さな手だ。

真白は澄んだ青い瞳で俺を真っ直ぐに見据えると、優しく微笑んで言った。

「それじゃあ次は龍介の服を選ぶ番ねっ。龍介もわたしと同じで着ていく服がないんでしょ？一緒に選ぼうよ、もっともーっとかっこよくなっちゃお！」

「ありがとな、真白。お前がそう言ってくれると心強いよ。それじゃあよろしく頼む」

「はーいっ！　任されましたっ！」

それからずっと俺達は手を繋《つな》いで、笑い合って、楽しくて幸せな時間を過ごしたのだ。

「いっぱい買っちゃったね、龍介」

「ああ……俺もまさかこんなに買うとはな」

ショッピングモール内のフードコート。

そこでテーブルに着いた俺と真白は休憩していた。

俺の足元にはさっき買ったばかりの服が詰まった袋が置いてある。

真白のファッションショーを楽しんだ後、俺は別の服屋で真白から服を選んでもらった。

その様子はさながら男性の着せ替え人形といった感じで、俺はされるがままだったのだが、何より真白の服を選ぶセンスに脱帽だった。

悪役を脱却する為にも爽やかで清潔感のある服装を真白にリクエストしたら、彼女は的確なアドバイスをくれて次々と俺も唸《うな》るようなコーディネートをしてくれた。

厳つい顔の俺にも馴染むデザインで、おかげで俺の服装は一気に垢《あか》抜けた。

真白が選んでくれた服さえあれば、これからの外出の際は何も心配いらないだろう。

俺が満足げにコーラの入ったグラスを手にしてストローを吸い上げていると、真白はオレンジジュースをテーブルに置いて無邪気な笑顔を見せる。

「それにしてもさ。ショッピングモールにBUがあって良かったよね。あそこってば安いし何より品揃えがいいんだもん」

「高校生にはありがたいな。今はブランド品より安い値段で色んな服を揃えたかったからさ」

「うんうん。ヤンキーっぽい服を着るのやめた龍介、他に着る服がなくて困ってたんでしょ？

わたしもそうだけど、清楚系の女の子目指すならまたいっぱい買い物しないとダメかも」

「その時はまた付き合うよ。真白のファッションショー楽しかったし」

「わたしも楽しかったよ？　試着室の中で鏡を見ながらね、龍介がどんな反応するかなーって考えちゃうの。それでカーテン開けたら龍介さ、毎回違う反応するんだよ？　顔が真っ赤になったり、ニヤけそうになったり、口押さえて目を逸らしたり。だから面白いの」

「そ、そんなに違ったのか？」

「すっごくね。でも出てくる言葉は全部一緒なの。悪くない、こればっかり。それがおかしくて笑っちゃうんだ」

「だから悪くない禁止令が出されたって事か……」

「あははっ、そういう事」

真白はテーブルに頰杖《ほおづえ》をつきながら、その青い瞳でじっと俺を見つめる。

にへらと嬉しそうに笑う彼女の表情に俺はまたドキッとして目を逸らした。

けれど今俺が何を考えているかも真白にはお見通しなんだろう。

ご機嫌な様子で俺をからかってきて、真白も楽しくて仕方ないのが伝わってきた。

俺もそれが嬉しいし、もっと喜ぶ真白を見たいと素直に思えた。

ただ恥ずかしいものは恥ずかしい。

熱を帯びた全身を冷やしたくて、再びコーラを口に含んで喉《のど》に流し込む。

炭酸の刺激で体の火照りは少し収まった気がするが、心臓の高鳴りはずっと続いた。

そうしてお互いのグラスが空になった頃、そろそろ夕飯に向けての買い物を始めようと思った時だった。

「やあ龍介。こんな所で会うなんて奇遇だね」

突然別の誰かから声をかけられて俺は思わず振り返る。

爽やかな笑顔と共に手を振って近付いてくるのは主人公の親友キャラ、木崎玲央《きさきれお》。

部活が終わった後、そのままショッピングモールに来たのだろうか。

制服姿で肩にはスポーツバッグを担《かつ》いでいた。

その隣には同じ制服姿の男子が立っている。

栗色の短髪をワックスで立たせた切れ長の目の男子高生で、体格はがっしりとしていて身長は180cmを超えるだろう。鋭い目つきで威圧感のある様子から俺のような不良キャラに近いものを感じる。荒々しいタイプのスポーツマンと言ったところで玲央の爽やかイケメン系とは違うが、その整った顔つきはイケメンの部類に入るはずだ。

(もしかして……西川恭也《にしかわきょうや》か？)

俺が前世で見た『ふせこい』の原作知識から彼が一体誰なのかすぐに分かった。

西川恭也。玲央と同じくバスケ部に在籍していて二人は仲が良い。主人公である布施川頼人とも繋がりがあり、原作でも度々登場するキャラだ。

主人公とヒロイン達の恋に絡《から》んだり、物語を動かすような大きな役割は持たないものの、陽気な性格で『ふせこい』を盛り上げる脇役《わきやく》の一人として印象に残っている。

そんな西川恭也だが俺をじろじろと睨《にら》むように見ている。

その目は明らかに俺を敵視している様子で、穏やかさや優しさなど一ミリたりとも感じさせないものだ。

（進藤龍介とは初対面なはずだけど……何でこんな目で睨まれてるんだ？）

全く身に覚えも心当たりもないが、もしかしたら俺は何処かで西川恭也に恨みを買っていたのだろうか。

俺は少し気まずいものを感じつつ、隣でにこにこ笑っている玲央に話しかけた。

「玲央、部活帰りか。あれ……今週の土日は遊べないって布施川に言ってなかったか？」

「土日の練習は午前中に終わるんだ。頼人が誘ってくれた海水浴は一日中だろ？　そうなると予定が合わないけど午後だけなら遊べるんだよ」

「あーそういう事か。確かに布施川の話を聞いていた限りだと、午後からだけってわけにはいかないだろうしな」

「そういう事。それで午後は自由時間だから部活帰りにそのまま遊びに来たんだ。家に帰る時間が惜しいからね、そのまま制服で来たってわけさ」

「なるほどな。ところでそのお隣さんは？」

もちろん西川恭也の事は知っているがここでは初対面。

誰だか分からないふりをしておこうと思う。

「うん、紹介するね。同じバスケ部の西川恭也。僕と君と同じ一年だよ」

玲央の紹介を受けると西川はぶっきらぼうに会釈してきた。

「……どうも」

「あはは、恭也。そんな固くならなくたっていいよ。彼は龍介。僕と同じクラスの友人さ。ほら、前に話したでしょ？　体育のバスケで凄い活躍をしていたって」

「ああ……あんたが例の、進藤龍介」

その紹介を受けて俺も自己紹介する。

少し緊張しつつもゆっくり息を吸って挨拶していく。

「二組の進藤龍介だ。玲央とは最近友達になったばかりなんだが、色々と世話になってる。よろしく頼むな、西川くん」

「……いや、自己紹介なくてもあんたの事はよく知ってるよ。噂話とか絶えなかったし。ただ私服のイメージが全然違ったから、一瞬分かんなかったけどな」

「そうか。まあそうだよな。学校でもみんな俺の事を知ってるみたいだし」

「最近急に学校へ来るようになった話も、突然真面目《まじめ》に授業を受け始めてるって話も、結構話題になってるんだぜ。そしたら玲央が友達になったって言っててよ、それには驚いたが……この感じだとマジなんだな。こうして見ると確かに不良には見えねえや」

「恭也、何度も言ったじゃないか。龍介はいい人だよ、学校じゃ凄い不良だって耳にするけど全然そんな事はない。真面目で誠実で紳士なんだ、彼は」

「玲央がベタ褒めするのも珍しいよな。それでもおれは納得いっちゃいねえんだが」

西川は腕を組んで疑いの目を向ける。確かに今まで俺の行いを考えれば無理もない反応だ。

そんな不良と同じバスケ部の親友が急に仲良くなったとなれば警戒されるのも仕方ない。

「……あのな、おれは別に玲央と敵対しようとかそういうつもりはねえ。おれは玲央の事を大切な友達だと思ってるし、これから先何かあったとしてもそれは変えるつもりもねえよ。ただな、心配なんだ」

「心配？　どうしてだい？」

「玲央は優しい奴だからさ。その優しさにつけ込んでくるような輩《やから》がいるかもしれねえって思ってんだよ。ここにいる進藤龍介とかな」

「恭也、それは聞き捨てならないな。確かに僕と龍介の関係はまだ浅いかもしれない。でも僕は龍介を信用しているし、周りのみんなが言うような人間じゃないって確信してる」

「どうだかな、おれにはそう思えねえ。玲央が騙《だま》されてるんじゃねえかって不安になる。猫被《かぶ》ってるだけじゃねえのか、何かまたとんでもない事を企《たくら》んでるんだろ？」

　その言葉を聞いて西川恭也から向けられている敵意の正体を理解する。

進藤龍介の名は俺達が通う貴桜《きおう》学園高校で悪い意味で有名だ。

学校はサボり放題で、外では昼も夜も構わず悪事を重ね、学校一の不良と言われても否定出来ない。俺はそんな自分への評価を覆す為に、真面目に学校へ通い始めて勉学に励んでいる。

しかし、その様子を見ているのは俺と同じクラスの生徒達だけで、他の生徒達には俺が更生した事は上手《うま》く伝わっていない。

この前もありもしない噂を流されたばかりだが、西川恭也はその噂を信じてしまう側――つまり俺が不良から更生したとは少しも思っていない人間なのだろう。

そんな不良の俺が何か良からぬ事を企み友人である玲央に接近し、彼に悪影響を与えているのではないかと警戒しているのだ。

恐らくこの感じだと口で言って聞かせようと思っても説得は難しい。

西川恭也は更生してからの俺の事を全く知らない。

信頼とは得る事よりも取り戻す事の方が遥《はる》かに難しいのだ。

だから西川恭也は俺の更生など簡単には信じないし、玲央に近付く事は許さないと言う。

この場をどう切り抜けたら良いのか、最善の方法を何とかこの場所で―― 頭の中で必死に考えていたその時だった。

「はーいっ！　すとっぷすとっぷー!!　わたしを置いてけぼりにして話を進めないっ！」

横合いから明るい声が響いた。

椅子《いす》から立ち上がった真白が俺と西川の間に割り込んでいる。

「もうっ。わたしそっちのけで男の子ばっかで話してさー！　ちょっと寂しかったんだからっ。というわけでお邪魔するからね！」

そう声を上げた真白は俺の方を見た後、ぱちっと可愛らしいウインクを飛ばしてきた。

まさか真白、この場をどうにかしてくれるつもりなのか？

一体何をするつもりなんだと疑問を抱いていると、真白は西川に向かい合って明るい挨拶を繰り出した。

「やほやほっ。お話の途中に割り込んでごめんなさいっ、なんか険悪な感じがしたから黙っていられなくて」

「あ、あんたは……っ？」

「えっと西川くんと同じ貴桜学園高校の一年一組、甘夏真白《あまなつましろ》ですっ。龍介と仲良くさせてもらってますっ」

「そ、それはどうも……」

急に割って入ってきた女の子に戸惑いを見せる西川。

真白はこんな状況になってもいつも通り明るく振る舞っている。

そしてこの場を収めようとしてくれる姿に俺は感心していた。

それから真白は玲央の方に振り向くと頭を下げて、にっこり微笑みながら再び挨拶する。

「えっと、木崎くんでしたよね。龍介の友達の甘夏真白です。お話は聞いてました。龍介の事を友達だって言ってくれてありがとうございます」

「君が龍介の幼馴染の甘夏さんか。初めまして、僕は木崎玲央。龍介とは同じクラスで、彼とは仲良くさせてもらってる。僕の事は玲央って下の名前で呼んでくれて構わないから」

「じゃあわたしの事も真白って呼んでください、玲央くん！」

「ありがとう、それじゃあ僕も真白ちゃんって呼ばせてもらうね。よろしく頼むよ」

「はい、こちらこそよろしくお願いしますっ。龍介の事を真面目で誠実で紳士な人だって褒めてくれてありがとう。その話を聞いてたらわたしまで嬉しくなっちゃった」

「本当の事だからね。この一週間、龍介の事をずっと見ていたけど。彼は本当に真面目で誠実な人だったよ」

「うん、分かるっ。龍介はいい人なんですよ。わたしが学校で他の人とぶつかって怪我《けが》しちゃった時も、すっごく心配してくれて保健室まで連れて行ってくれたんです」

「そうか、やっぱりそうなんだね。僕はその場にいなかったから聞いただけだったけど、君のその顔を見ていると分かるよ。やっぱり龍介は君を守る為にあの時……」

「えへへ……ちょっと照れくさいですけどっ。はい、龍介はわたしの為に飛び出してくれたんです。そのおかげで足の怪我も大丈夫だったし、こうやって外出して遊べるくらいに元気になれたんです」

真白の言葉に玲央は頷《うなず》くと、戸惑ったままの西川の方へと振り向いた。

「そういう事なんだ、恭也。真白ちゃんが言うように龍介は真面目で誠実な人間なんだ。周りの人達は気に入らないから、ムカついたから、そういう理由で怒鳴ったり暴力をするような人間だと言うけれど、それは間違いだ」

「で、でもよ……玲央。お前はそう言うけど……周りの奴《やつ》らは全員……」

「みんな勘違いしてるんだ。龍介が不良だって、色眼鏡《いろめがね》をかけて勝手に決めつけている。真白ちゃんが言ってくれた内容が真実で、周りの人間が言う事は全部でたらめさ。僕は何度でも言うよ、龍介は誠実で真面目で紳士だって」

玲央の口から語られた言葉は、まるで俺の心の中を代弁しているかのようにも聞こえた。

玲央は俺が思っていた以上に俺の事を理解してくれていたのだ。

「玲央、おれは……お前に変な奴と友達になって欲しくなくて……」

「大丈夫。龍介は恭也が思うような人じゃない。そうだよね、真白ちゃん?」

「はいっ。龍介はとっても優しくて頼りがいがあって、いつもわたしを守ってくれる素敵な人です」

真白はにこっと笑うと西川に向き直る。

西川に向けられる澄んだ青い瞳、それが嘘《うそ》ではないのは明白だった。

そして西川は顔を赤くしながら真白から目を逸らす。

さっきまでの敵意は何処へやら、何かに照れるように頭を掻《か》いていた。

「あ、そうだ。西川くん、もし良かったらわたし達と一緒にショッピングモールで遊びませんか？　西川くんにも龍介がいい人だって分かってもらいたいんですっ」

「えっ……!?」

思いも寄らない提案をされて西川は驚く。

その横で玲央はくすりと笑いながら頷いた。

「いいね、それ。僕も混ぜてくれないかい？　せっかくだから僕も真白ちゃんと友達になりたいし、何より龍介の事をもっと知りたいんだ」

「もちろんですっ。わたしも怜央くんとお友達になりたい！」

「ありがとう、そう言ってくれて。ほら、恭也。君も一緒に行こう」

真白と玲央に促され、西川はおずおずと首を縦に振る。

「っ……玲央が、そう言うなら」

「やったーっ。それじゃあ西川くんもわたしと友達になろうね、もし一緒に遊んで誤解が解けたら龍介の事もよろしくお願いしますっ」

「よ、よろしく……っ」

無邪気に笑う真白と、何故かそんな彼女を直視出来ず顔を赤らめ続ける西川。

そして玲央はそんな二人を見て楽しそうに笑っていた。

こんな状況になるなんて予想していなかったけど、真白のおかげで場を収めるだけじゃなく、西川の誤解を解いて俺が友人になる機会まで作ってくれた。

流石は最強の美少女。

真白の可愛さと明るさは固く閉ざした心を優しく解いてしまう。

こういうところも真白の魅力で、だからこそ俺は彼女を推したいと心から思うのだ。

「それじゃあ龍介、みんなで遊ぼっ！」

「ああ、ありがとな真白。みんなで遊ぼう」

俺がそう言うと真白はまたぱちりとウインクをして微笑む。

そんな彼女に感謝しながら、俺は四人で遊ぶ為にフードコートを後にするのだった。

◆

俺達四人はショッピングモール内にあるゲームセンターに訪れていた。

知り合って初日の西川を連れてカラオケというのはハードルが高い気がするし、ただウィンドウショッピングをしても退屈だろう。そういうわけでゲームセンターを通じて西川と交流するのがベストなのではないか、と考えた。

ゲームセンターの中は休日という事もあり賑わってた。

クレーンゲームの筐体《きょうたい》が並ぶエリアには子供連れの家族やカップル客が多く、アーケードゲームや音ゲーがあるエリアには俺達のような若い人の姿が多い。

その中で真白はとあるゲームを見ながら青い瞳をきらきらと輝かせていた。

「見てみてっ！　あのぬいぐるみ、すっごい可愛いっ！」

真白が見つめているのはクレーンゲーム。そのガラスケースの中に飾られている巨大な猫のぬいぐるみだ。やはり大の猫好き、こういうのを見るとテンションが上がるのだろう。

「真白ちゃんはああいうのが好きなのかい？」

「はいっ！　大好きですっ！　でもわたしってクレーンゲームがあんまり得意じゃなくて、いつも失敗しちゃってなかなか取れないんです……」

「なるほど。確かにクレーンゲームって難しいよね。僕も得意な方じゃないな。恭也はゲーム得意だよね、どう？」

玲央に話を振られた西川は、少し考え込むようにしてから答えた。

「クレーンゲームはあんまやった事ねえな。おれが得意なのはFPSみたいな対戦型だし」

「エイレックスだっけ？　恭也がやってるオンラインシューティングゲーム。あれ動画サイトでたくさんプレイ動画が上がってるよね」

「おう。エイレックスレジェンドってゲームでよ。部活終わって家に帰ったら毎日やってる。ランクマッチっていう腕試しみたいなもんがあってな、今ダイヤっていうランクなんだぜ」

「すごいじゃないか。プロゲーマーを目指してたりするのかい？」

「まさか。ダイヤのレベルじゃそこまで行かねえよ。その上にマスターってのと、その更に上にプレデターってのがいてよ、プロゲーマーになるなら最低でもプレデターにならなきゃな」

その玲央と西川の会話を聞いて真白が反応した。

「エイレックス、わたしも知ってる！　龍介が得意なゲームだよっ！　ねね西川くん、龍介と一緒に遊んでみたらどうかな？　きっと楽しいと思うっ」

「……っ、進藤が？　ってても細かい仕組みがあってな。ダイヤの俺と遊びたいなら実力の近いプラチナか、その上の——」

西川が言いかけた時、それに被せるように俺は自分のランクを宣言する。

「大丈夫だぞ、西川くん。俺ずっとプレデターだから」

「プ、プレデター⁉　マジか、進藤ってプレデターなのか……⁉」

「まあ、ずっと学校サボって遊び呆《ほう》けてたからな……真面目に部活やってる西川くんと違ってほら、ゲームする時間は山程あったし」

「い、いや、でもすげえよ……！　プレデターはなれる人数が限られてるし……マジで上手くねえとなれねえんだよ！」

「でも今シーズンは無理そうだな。ゲームよりも勉強と筋トレ、それに家事が忙しいから」

「じゃ、じゃあさ。空いてる時間があったらでいいんだ。一緒にやってくんねえか⁉　俺もっと上手くなりてえんだよ！」

「構わないぞ。西川くんさえ良ければだけど」

「お、おれの方こそよろしく頼む！　いやむしろお願いします！」

好きなゲームの話題で一気に打ち解ける西川、やっぱり男子高生だな。趣味が通じ合っているという事を知っただけで、さっきまでの敵意が嘘のように消えている。

「玲央くん聞きました？　龍介ってばプレデターらしいですよっ」

「うんうん、僕にはよく分からないけど凄いんだろうな」

真白と玲央の二人は俺達のやり取りを微笑ましく眺めていた。

何だかそれがくすぐったくて俺は照れを隠そうと視線を逸らす。

真白はそんな俺に近寄ってぽんっと背中を叩《たた》いた。

「それじゃ龍介っ。他にもゲームが得意だって玲央くんと西川くんに見せつけちゃおっ！」

「おう。でも何して遊ぶ？　よりどりみどりで迷うな」

「うーんと、そだ！　久しぶりに龍介のあれが見たいかもっ。パンチングゲーム！」

「パンチングゲームか……久しぶりだな。よし、じゃあ挑戦するか」

真白と一緒にゲームセンターに行く時、パンチングゲームで遊ぶのは俺達の定番だ。

筐体上部から吊り下がっているパッドに向けて、グローブを装着した状態でパンチを打ち込むゲーム。そしてその一撃の強さがスコアに反映されて、一緒に遊んでいる人達と競い合えるようになっている。

玲央は俺と真白の話を聞いて興味深そうに筐体を眺め始めた。

「パンチングゲームか。面白そうだね。恭也、僕達もやってみないかい？」

「おれは別に構わねえよ。ダチと遊びに来るとおれも結構やるしな。自信あるぜ？」

「恭也はこういうのも好きだもんね。僕は初めてだからまずは見学させてもらおうかな」

「まあ見てなって、玲央。おれのパンチを見て腰を抜かすなよ？」

西川が自信満々な様子で言い、それからみんなでパンチングゲームに挑戦する事になる。

「真白は見学な。足挫《くじ》いてるし、変に動いて再発したら大変だ」

「はーい。怪我人のわたしは大人しくしてるねっ」

真白はくすりと笑いながら了承し、俺もそれに頷きながら準備を進める。

硬貨を入れた後にゲームが始まって、先人を切るように西川がグローブを装着した。

「おれから行くぜ！　うおりゃああ!!」

そして上半身を軽く捻《ひね》って構えた後に、一気に勢いをつけてパッドに向けて拳《こぶし》を叩き付《つ》けた。

西川のグローブがパッドを打ち抜き、ぱんっと乾いた音が響き渡る。

「どうだ!?」

筐体から表示されたスコアは81。100点満点で81はなかなかの好成績だ。

ランキングにも上位に表示されて西川はご満悦の様子だ。

「凄いよ、恭也。かなりの高得点じゃないかな」

「わわ、西川くんすごいっ。80点台ってなかなか取れないんだよっ」

「ああ、西川くんやるな。平均点が60点だし80点台はかなりのハイスコアだ」

「へへ、まあな。このゲームセンターの最高スコアは97だし、ちょっとそれには及ばないけどおれも結構やる方だぜ。次は進藤。お前がやってみろよ」

西川はグローブを俺に渡しながら余裕の表情で言った。

バスケで普段からトレーニングして体力のある西川と、健康とは縁遠い生活をしていた俺。いくら喧嘩が強いと有名な進藤龍介でも、スポーツマンの鍛えられた肉体に敵《かな》うはずがない。

西川はそう確信しているようだ。

俺は手渡されたグローブを装着して硬貨を入れる。そして筐体の前に立った。

(悪いな、西川くん。俺はただの不良じゃない。『ふせこい』で最強の悪役を張っていた男なのさ)

原作では最強の悪役として主人公に立《た》ち塞《ふさ》がる運命にある。物語で悪役として活躍する為に与えられた特別なステータス、進藤龍介はそれを日々の筋トレで研ぎ澄ませていた。

更に俺が転生してきた事で酒やタバコ、夜更かしを断って健康的な生活を送った事で、まさに今は絶好調の状態。

そんな俺がパンチングゲームに挑戦したらどうなるか、答えはもう言うまでもない。

グローブを装着した俺は筐体を鋭い瞳で真っ直ぐに見つめ、ゆっくりと構えを取る。

槍《やり》のように鋭く突き出した拳はドン、と鈍い音をゲームセンターの喧騒の中に響かせた。

「よし……」

拳を戻してスコアが表示されるのを待つ。

今のはかなりの好感触で自信ありだ。

期待して待っていると——モニターに表示された俺のスコアは100点。

満点が叩き出された事でファンファーレが鳴り響き、西川と玲央はぽかんと口を開けながら立ち尽くしている。

真白だけはぱちぱちと拍手をして俺を褒め称《たた》えた。

「やっぱり龍介は凄いね。このゲームセンターの最高得点を更新しちゃった」

「そうだな。俺も驚いてる。この筐体は他のゲーセンにも置いてあるけどさ、前試した時は98点が最大だったし100点は初めてだ」

「寝る子は育つっていうもんね。最近の龍介は早寝してて健康に気をつかってたし、それが良かったのかも」

「かもな。やっぱり健康は大事だ。おかげで初めて満点を取れたわけだし」

嬉しそうに微笑む真白。

俺はその笑顔を見ながら最高得点を出した爽快感と高揚感を噛《か》み締《し》める。

さっきまでぽかんとした様子で眺めていた玲央も、俺と目が合うとくすりと笑いを零《こぼ》した。

「龍介って本当に凄いよね。さっきのパンチはフォームも綺麗で全く無駄のない動きだった」

「まあ見様見真似《まね》だけどな。玲央もどうだ？　お前ならかなりいいスコア出せると思うぞ」

「あはは、僕は遠慮しておく。あんなかっこいいパンチを見た後だと何だか気が引けるよ」

玲央が肩をすくめて苦笑する横で西川は目を丸くして驚いていた。

「……玲央の話だと進藤ってバスケも上手いんだよな？」

「そうだよ。パワーのあるプレイでチームを引っ張ってくれてさ、あれでほぼ未経験っていうんだから驚きだよ」

「玲央がそこまで言うってよっぽどだよな……マジか」

さっきから態度を軟化させ始めていた西川だが、パンチングゲームを通じて俺の評価を更に上げてくれたように見える。

これは良い傾向だなと思いながら、俺はグローブを外して次に遊ぶゲームを探し始めた。

エアホッケーだったりレーシングゲームだったり、音ゲーやメダルゲームなど色々なゲームがあるので目移りしてしまう。

そうしてゲームセンター内を見回していると、真白が俺の服の袖をくいくいと引っ張っている事に気が付いた。

「どうした、真白？」

「ねえ、龍介。次に遊ぶのクレーンゲームとかどうかなー？」

真白が指差すそれは俺達がゲームセンターに入って最初に目にした、巨大な猫のぬいぐるみが景品のクレーンゲーム。

どうやら真白は景品のぬいぐるみが気になって仕方がなかったようだ。

「なるほど。取ってもらいたくてずっとウズウズしてたな？」

「あははっ、バレちゃってた？　では今回もよろしくお願いしますっ」

「ったくもう。仕方ないな」

推しのご所望とあればぬいぐるみの一つくらい取るのは容易《たやす》い事だ。

それに今日は真白に感謝の気持ちを伝えたくて色々と張り切ってきた。

ここが俺の腕の見せどころだろう。

俺は真白達を連れてクレーンゲームの筐体の前に立った。

財布を取り出していると西川が話しかけてくる。

「進藤、もしかしてクレーンゲームも得意なのか……？」

「まあ見てな。伊達に遊び回ってたわけじゃないんだ」

パンチングゲームに続いて俺の活躍を見てもらおう。

俺は硬貨を投入してアームの操作をし始める。

狙《ねら》うはガラスケースの中央に鎮座する猫のぬいぐるみ。

このクレーンゲームのタイプはケースの中に景品が一つだけあり、アームを上手く動かして何度もゲームに挑戦しながら、ぬいぐるみを取り出し口に落とさなければならない。

普通なら硬貨を何枚も投入してゆっくりとぬいぐるみを動かし続けて、その果てにぬいぐるみをゲット出来るのだが――今まで何度もクレーンゲームをプレイした進藤龍介としての経験が最高のアーム捌《さば》きを可能にさせる。

俺が操作したアームはぬいぐるみから少しずれた位置に下降していく。

僅《わず》かにぬいぐるみの角度がずれるだけで景品獲得には至らない。

クレーンゲーム初心者の玲央や西川からすれば、その操作は失敗したように見えただろう。だがこれは景品獲得の為の下準備、次が本番なのだ。

俺はもう一度硬貨を投入する。再び戻ってきたアームを操作して、それは二度目も俺の思い通りに降りていく。そしてその光景を見ていた西川と玲央は声を上げた。

「すげえ！　タグのとこの輪っかにアームが引っかかってやがる！」

「なるほどだね。一度目はタグを取りやすい角度にぬいぐるみをズラして、二度目でタグの部分にアームを通して持ち上げるのか」

二人の解説の通り、俺が操作したアームは綺麗にタグに引っかかり、ぬいぐるみを持ち上げて取り出し口に向かっていく。

そして最後にアームが開ききった瞬間にタグが外れて、ぬいぐるみは取り出し口に向けて落ちてきた。

「こんな感じだ。店側の置き方が甘いと一回で取れる時もあるんだけど、今回は少しズレてたから二度目でゲットだな」

俺はぬいぐるみを取り出した後、それを真白に手渡した。

真白は無邪気な笑顔を浮かべて猫のぬいぐるみをぎゅっと抱き締める。

「というわけでご所望通り、猫のぬいぐるみはゲットしたぞ。真白」

「ありがとう龍介っ！　やっぱり流石っ、頼れるっ、超かっこいい！」

「その褒め方だと隣の色違いの猫も狙ってるな？」

「えへへっ。隣の黒い猫ちゃんもお気に入りなのですっ、龍介」

「じゃあちょいと待ってろ。隣のも楽に取れそうな置き方してるし、すぐに取ってやるから」

「やったーっ！」

俺は真白のリクエストを受けて、隣のクレーンゲームに移動する。そしてまた硬貨を投入してアームを操作していると、後ろで玲央と西川の会話が聞こえてきた。

「恭也。龍介は凄く優しい人だろ？　嫌な顔一つせず友達のお願いを聞いてくれるんだ」

「ま、まだ分かんねえよ……。確かにすげえ奴だって分かる……おれのやってるゲームでもトップクラスだし、パンチングゲームも、クレーンゲームだってめちゃくちゃに凄えし……」

「龍介が猫を被ってる、そう思ってるんだよね。恭也はさ」

「だって仕方ねえだろ……おれの聞いてた進藤龍介と、目の前の進藤龍介が別人すぎるんだ」

「まあそうだよね。でもきっと恭也もいずれ――いや、近い内に龍介の良さを分かってくれると思うよ」

「……」

玲央の言葉を聞きながら西川は黙っていた。肯定とも否定とも取れるような彼の沈黙。

だが俺は感じ取っている。初めて出会った時の敵意はそこにない。俺に興味を抱いてくれている、そんな雰囲気だった。

それからすぐに俺は真白のリクエスト通り、隣にあったクレーンゲームで黒猫のぬいぐるみを手に入れる。それを真白に渡そうとしたタイミングで玲央が俺に話しかけてきた。

「龍介、そろそろ僕達は帰るよ。もう夕方になるしね」

「そうか。玲央も西川くんも部活で疲れてるだろうし、明日も練習だもんな」

「だね。遊べたのは少しだけど楽しかった。恭也も不機嫌そうに見えるけど、内心は結構楽しんでたんじゃないかな」

「どうだろうな。まあ、玲央がそう言ってくれるなら素直に喜んでおくよ」

「ふふ、そうしてくれ。それじゃあまた月曜日に学校で。今日は本当にありがとう龍介」

「こちらこそ。ありがとな」

玲央は別れを告げると西川と一緒にゲームセンターを出ようとする。だが西川は何か言いたそうに俺の方へ振り返った。

その表情には何処か緊張している様子が窺《うかが》える。

彼は口をモゴモゴさせながらも言葉を発しようとして、しかしそれは声にならない。

だがその時、玲央が西川の背中を押して俺の方へと押し出してきた。

突然の事に西川は驚きつつも俺の前で立ち止まる。

「ほら恭也。言いたい事があるんだろ、遠慮なく言ってあげなよ」

「う……お、おう……」

玲央に促されて西川は俺の顔を見つめてくる。

その瞳には覚悟を決めた光が宿っているように見えた。

「あ、あのさ進藤……エイレックス一緒にやってくれるって言っただろ？　んで……ゲームのIDとか聞きたいからRINE交換してくんねえかなって」

「もちろんだぞ、西川くん。俺なんかのRINEで良かったら」

「よ、よろしく頼むぜ、進藤……っ」

西川は慌てた様子でスマホを取り出す。そして俺と西川は互いのRINEを交換し合った。

「これでよしっと。じゃあまたな、西川くん」

「ちょ、ちょっと待ってくれ……もいっこ用事があって」

「ん？」

俺が首を傾《かし》げると、西川は真白の方に振り向いてRINEのQRコードを表示させる。

「ま、まし……真白さんっ！　こ、このＱＲコード読み込んでもらってもいいですかっ⁉」

西川はスマホの画面を真白に向けながら、顔を真っ赤にして頭を下げていた。

「あ、わたしとも交換してくれるのっ⁉　やったー！　友達になろうって言ったもんね、すごく嬉しいっ！」

「よ、喜んでもらえてこ、こ、光栄です……！」

嬉しそうに笑顔を浮かべる真白と、緊張のあまり動きがロボットみたいにカクカクの西川。

真白は差し出された西川のスマホにカメラをかざす。

すると二人のスマホに互いの連絡先が登録された通知が届いた。

「よろしくね！　西川くん！」

「ひゃ、ひゃいっ‼　よ、よろしゅくお願いしましゅ……っ‼」

「えへへ、面白い返事の仕方だねっ。噛んじゃったのかな？」

「ご、ごめんなさい……っ」

「いいのいいの。謝る事じゃないよー。それよりもこれから仲良くしようねっ」

にこりと笑う真白とスマホに映された彼女の連絡先を交互に見ながら、西川は顔を真っ赤にして歓喜に打ち震えているように見えた。

あーなるほどな。

真白が出てきてから西川はずっと何かに照れたような素振を見せていた。

その理由が分かった気がする。

多分だけど西川も真白の可愛さにやられてしまったんだろう。

真白は最強の美少女ってだけじゃなく性格も可愛いし、それに人懐っこいからな。

そんな最高のヒロインと連絡先を交換したくなるのは仕方がない事だと思う。

「龍介、真白ちゃん。僕もＲＩＮＥ交換したいんだけどいいかい？　なかなか言い出す機会がなくて恭也に乗っかる形になって悪いんだけど」

「いえっ、ぜんぜん構わないですよっ！　わたし玲央くんともっと仲良しになれたらなーって思ってたし、龍介もきっと同じだと思うのでっ」

「ああ、真白の言う通りだ。俺も玲央の連絡先が知りたいよ」

「本当かい？　ありがとう、二人共」

玲央は西川と同じように俺達にＱＲコードを表示する。

俺と真白はスマホをかざして、玲央とのＲＩＮＥの交換を済ませた。

「それじゃあこれからもよろしくね、龍介、真白ちゃん」

「こちらこそよろしくな、玲央」

「よろしくおねがいしますっ、玲央くん！」

こうして俺達は互いの連絡先を交換する事が出来た。

これから玲央ともっと仲良くなれる、西川だっていつか俺の事を分かってくれるはず。

それを嬉しく思いながら、ゲームセンターを後にする玲央と西川に手を振った。

◆

ショッピングモールでの楽しい時間を終えて、俺と真白は帰路へとついていた。

両手にいっぱいの荷物をぶら下げながら夕焼け空の下をのんびりと歩く。

真白は大きな猫のぬいぐるみを二匹抱えていて、その表情はご機嫌そのもの。

俺も今日はたくさんの買い物が出来て大満足。

それに真白の為に作る夕飯の材料も無事に買い揃える事が出来た。

今日買った材料で何を作ろうかと思案しながら歩いていると、隣を歩く真白が楽しそうに笑いながら俺を見上げている事に気付く。

「大収穫でご機嫌みたいだな、真白」

「えへへ。龍介に取ってもらったぬいぐるみ、可愛いし抱き心地もいいの。ふわあ、こうしてるだけで癒されるう」

真白は二匹の猫のぬいぐるみをぎゅっと抱き締めて幸せそうに微笑んでいる。まるで無邪気な子供のような笑顔で、そんな真白を見ていると幸せな気持ちがいっぱい溢れてくる。

これからもこうやって真白が笑っていられるように、俺は彼女の傍にいて支えてあげたい。

そんな事を思いながら歩いていると不意に真白が立ち止まった。

「ねえ龍介。そこの自販機でお茶買ってきてもいいー？　歩いてたら喉渇いちゃった」

「おう。ぬいぐるみ預かっとくから、ほら貸せ」

「あは、気が利《き》きますね龍介くん。それじゃあよろしくお願いしますっ」

真白は俺にぬいぐるみを手渡すと財布を持って自販機の方へ駆けていく。

俺は両手に抱えていた荷物を近くにあったベンチに置き、ぬいぐるみと一緒に真白が戻ってくるのを待つ事にした。自販機で飲み物を買ったらちょっとここで休憩して、それからアパートに戻るのが良さそうだ。

そんな事を考えながら自販機で飲み物を買う真白の姿を眺めていると、彼女に向かって二人の男が近付いていくのが見えた。

年齢は俺達よりも少し上、大学生くらいだろうか？　見た目は少し離れた場所からでも分かるくらいチャラついており二人とも派手な格好をしていた。

ニヤついた笑みを浮かべながら自販機の前に立つ真白を囲む。

ナンパという言葉が脳裏に浮かんだ。

今の真白は世界最強の圧倒的な美少女で、そんな彼女が街中にいれば男性の目を惹くのは当然の事。街を歩いている時もずっと周囲から視線を集めていたし、その中で真白に声をかけようと良からぬ事を思いついた不届き者がいたわけだ。

それにこの二人……ちょっとばかり嫌な雰囲気がする。

ただのナンパ野郎というより、もっと強い悪意のようなものを真白に向けている気がしてならなかった。

これはただの直感で根拠は何もない。けれど二人が纏《まと》う空気に嫌な予感がしたのだ。

そんな二人に囲まれて怯《おび》える真白の姿が見えて、俺は咄嗟《とっさ》に駆け出していた。

「真白！」

俺は声を張り上げながら真白と男達の間に割って入る。

すると目の前の男達は露骨に顔を歪《ゆが》めながら俺を見た。

「何だガキ、邪魔すんじゃねえ」

「その子、俺の連れなんだけど。悪いが他をあたってくれるか？」

俺は努めて冷静に男達に語りかけていた。

こういう輩は下手に刺激するよりも話し合いで穏便に済ませるべきだと俺は考えている。

だが目の前の男達の下卑《げひ》た表情は変わらない。

それどころか、あからさまに敵意を剝《む》き出しにして俺を睨みつけてきた。

「彼氏持ちだったのか。まあ関係ねえけどよ」

「退《の》けよ。こんな上玉放っておくわけにいかねえだろうが」

連れがいると聞いても全く聞く耳を持たない様子を見て、どう考えても話し合いで解決出来そうにはない雰囲気だ。
仕方ない……あまり気乗りはしないけど、ちょっと荒っぽくいくか。
進藤龍介は喧嘩でも無敗の男だ。
原作ではどんな暴漢が相手でも負ける事なく、ことごとく返り討ちにしてきた。
その喧嘩の強さは原作ファンである俺が誰よりも理解している。
それを考えればこの二人くらいなら全く問題ないだろう。
俺は目の前の男達を見据えて拳を握り締めた——その時だった。
(何だ、この感覚。この光景……何処かで……)
まるで頭の中で閃光《せんこう》が瞬いたように視界が一瞬だけ真っ白になる。
けれどその一瞬は何よりも長く感じる程のものだった。
そして流れていく。俺の知らない光景が頭の中を埋め尽くしていく。
それはまるで、まるで——忘れていた記憶が蘇《よみがえ》ったような、そんな感覚だった。
いや違う。忘れていたんじゃない。これは俺が転生してきた進藤龍介の記憶。
今までずっと曖昧だったはずの彼の記憶が、霧が晴れるかのように鮮明になっていく。
その先に見えたのは——血。
鮮血の赤。
滴る命の血。

地面に倒れた進藤龍介の体から流れる赤。

土砂降りの雨の中、雨音に紛れて大きな泣き声が聞こえて、俺は声の方へと意識を向けた。

（真白……？　泣いてるのか？）

今の真白のように黒髪の、けれどその顔立ちは今よりも幼い。

地面に倒れ伏す進藤龍介の横で、真白が大粒の涙を零しながら泣き叫んでいた。

（どうして？　一体何があったんだ？）

その光景は俺の知る『ふせこい』の物語の中で決して語られなかったもので、俺の知らない進藤龍介と真白の過去だった。

そして涙を流す真白の泣き声と一緒に、進藤龍介の声が俺の頭の中に響いてきた。

『俺は真白の笑顔を守れなかった』

悲痛の色が滲《にじ》んだ声。それが真白の泣き声と交ざり合って俺の心を激しく揺さぶっていく。

知らない記憶と後悔が濁流のように流れ込んできて、その全てが俺の中で交ざり合っていく。

今はっきりと思い出す。

進藤龍介が悪役になったのは、全てここから始まったのだ。

◆

真白は中学生の頃、いつも伏し目がちで下ばかり見ている静かな少女だった。

そのきっかけとなったのは真白が中学に上がった頃、父親が交通事故で他界した事にある。

信号待ちしていた父親の乗る車に――大型のトラックが突っ込んできたのだ。

それによって真白は大切な父親を失って、夫の死を悲しんだ真白の母親は、その悲しさを紛らわせるように仕事に打ち込むようになり家を空ける時間が多くなる。

やがて真白の前に姿を見せる事すらなくなった。

それから真白は両親と共に暮らしていたアパートで、たった一人で過ごすようになる。

幼い女の子が孤独に耐え続ける日々。その寂しさは計り知れないものだ。

彼女を見送る人も迎える人もいない。

たった一人の食事、一人だけの就寝。

おやすみもおはようも、ただ虚《むな》しく静寂にかき消される。

彼女はそんな辛《つら》い生活を高校生になった今も続けている。

そして心の中の進藤龍介という男が告げるのだ。

どうして彼が真白の家に入り浸っていたのか、その理由を。

『――俺は真白を一人にしたくなかった』

彼女を連れて遊び回った理由もそうだ。いつも伏し目がちで下ばかり見ていた幼馴染を、進藤龍介という男は放っておけなかった。彼女を笑顔にしたくて仕方がなかったんだ。

彼女のアパートで同じ時間を共有し、寂しい想いを続ける彼女を夜の街に連れ出した。

彼女が笑えるよう楽しい思い出を作ろうとした。

そして真白を守れるようになりたくて、進藤龍介は強さに憧《あこが》れを抱くようになる。

ただその憧れる方向を彼は間違えた。

きっかけは中学生だった頃の真白が、不良に絡まれ襲われそうになった事にある。

進藤龍介は彼女を守ろうと拳を振るった、しかし当時の彼はまだ非力だった。

不良達から真白を助ける事が出来たものの、進藤龍介は大怪我を負った。

その事で真白を泣かせてしまった、彼女の笑顔を守りきれなかった。

その時の無力感が、彼を間違った方向へと導いてしまった。

弱い自分を変えたい、真白を守れるくらい強くありたい。その想いが——彼女を支え続けられる心の強さではなく、暴力を以《もっ》て強さを示す方法を選ばせてしまった。

進藤龍介の記憶を思い出した時、俺の脳裏に映り込んだあの光景。

血を流して倒れた彼と、大粒の涙を零して泣き叫ぶ真白。

あの光景こそが悪役・進藤龍介の原点だった。

進藤龍介の部屋の本棚にあったたくさんの不良漫画は、彼が悪の道に進んだきっかけではなかったのだ。あれも真白を守る為に強くなろうと、自分の求めるものを探す為に足掻《あが》いた痕跡。

そうして彼は不良という道に足を踏み入れてしまう。

深い深い闇《やみ》へと堕《お》ちていく。

真白を守る為に進み始めたはずの道が、曲がりくねり、道を違え、いつしか彼女を遠ざけるものになっていく。気付けば彼はこの世界にとって救いようのない悪に染まっていた。

それを自覚した彼は、次第に真白を遠ざけるように、冷たい態度を取るようになる。

今の俺と一緒にいれば、彼女を笑顔にするどころか、不幸にしてしまう——。

なのにどうする事も出来ない。

間違えた道を進み続けた彼は、決して後戻りの出来ないところまで来てしまっていた。

真白を笑顔にしたい。

孤独に苛《さいな》む真白を守りたい。

それなのに真白から笑顔を向けられる資格も彼女を守る力もない。

ならどうする？　どうしたらいい？

彼は心の中で声にならない叫びを上げた。

『どうしたらいいか分からない。戻りたくとも戻れない。

今の俺では真白を幸せに出来ない。

誰か助けてくれ、誰か……！』

進藤龍介は願った。

心の奥底で助けを求めていた。

──そしてその願いは奇跡を起こした。

進藤龍介のもとに俺という存在が転生してきたのだ。

真面目だけが取り柄の、不良とは無縁の生活を送れる俺が。

真白を守ってやれる体の強さは持っている。

必要なのは彼女を支え続けられる心の強さだ。

『だから頼むよ。こんな俺に力を貸してくれ』

進藤龍介の心が、俺の心に語りかけてきた。

ああ、任せてくれ。

足りないものは俺が補う。

転生してきた俺と進藤龍介の二人だからこそ、孤独に苛む甘夏真白という女の子の笑顔を守れるはずだから。

記憶を完全に思い出した事で、その決意を共にした事で、転生してきた俺と進藤龍介は今ようやく本当の意味で一つになれた気がする。

それと同時に止まっていた時間が動き始めた。

何もかもがさっきのままだ。

二人の男に囲まれて怯える真白。

悪意のある二人の男。

そして真白を守る為に拳を構えていた俺。

一つだけ違う事があるとするなら、それは俺が進藤龍介と決意を共にした事だ。

——だから俺はもう恐れない。

「怖かったよな、真白。中学の時みたいに男の人に囲まれてさ」

「龍介……」

「もう大丈夫。もうあの時みたいに泣かせない。笑顔でいてもらう為に俺、頑張るから」

同じ過ちはもう二度と繰り返さない。

ここで拳を振っても、それはあの時と同じだ。

暴力を振るい、それで自分の想いを貫き通したとしても、本当に笑顔にしたい女の子は笑ってくれない。だから俺はゆっくりと拳を下ろして、目の前の二人と向き合った。

その目に宿すのは敵意ではなく、真白を守る為に輝く光だ。

「ああ？　何だガキ。てめえには関係ねえだろ！」

俺の豹変《ひょうへん》した態度に男二人はたじろいでいたが、それでもすぐ俺に食って掛かってくる。

男の拳が突き出される。

それは俺の胸板を捉えるが、俺は表情一つ変えず微動だにしなかった。

それどころか殴った男の方が呻き声を上げて苦しみ始める。

「硬ぇ……なんだこいつ。鉄の板でも殴ったみたいだ……」

そりゃそうだ。今まで進藤龍介は真白を守る為にずっと鍛え続けてきた。

真白を守れる体の強さを得る為に、進藤龍介は血反吐《へど》を吐くような努力を惜しまなかった。

そしてここからは俺の出番だ。真白を守れる心の強さを見せる番。

「今、殴ったよな？」

「あ、ああ……⁉」

「でも俺は殴られてもやり返さない。どうしてか、分かるか？」

「な、何を言って……」

「殴った時点でもう負けなんだよ。暴力を振るって相手を自分の思い通りに出来るってお前らは勘違いしてる。でも世の中はそんな甘いもんじゃないんだ」

俺は睨みつける男達から視線を外して、後ろにあった自販機へと振り返った。

「なあお前ら。こいつを見てどう思う？」

「は……？　何言っ――」

「今ってさ。地域の安全を守ろうと飲料メーカーと警察が連携して、自販機に監視カメラを付けるようになってるんだ。この自販機も監視カメラが付いてるタイプで、角度的にもお前らの顔はばっちり映ってる。言っている意味が分かるか？」

「て、てめえ……」

自販機のカメラの存在などまるで気にも留めていなかったのだろう。

男達は俺が自販機を指した事で、自分達の行いが監視カメラにしっかりと撮られていると悟り、顔を青ざめさせて後ずさった。

「お前らが俺を殴った映像もこいつの中に残ってる。俺が警察に行けば、お前らは揃って犯罪者の仲間入りだ。無抵抗の高校生を殴った暴行犯としてな」

さっきまで威勢の良かった男達は表情を更に青ざめさせる。

それも当然だろう。自分達が有利になると思ってした事が全て裏目に出ているのだから。

「ぐっ……」

「覚えてろよ！」

そんなありきたりの捨て台詞《ぜりふ》を吐いて男達は逃げ去っていく。その後ろ姿が見えなくなった後、俺は真白を安心させるように笑顔を向けた。

「怖かったよな、真白。もう大丈夫だからな？」

「龍介……っ。ありがとう、助けてくれて……ありがとう」

さっきまでの怯えていた表情は何処にもない。

真白は柔らかに微笑んで俺に抱き付いてくる。

俺はそんな真白を優しく抱き締め返す。その小さな体は今も震えていて、真白も中学生の頃の出来事がフラッシュバックしていた事に気が付いた。

俺が真白を守る為に不良と戦って、傷だらけになって倒れたあの時の記憶が。

でもその記憶を、今こうして新しい記憶で上書きする事が出来た。

これできっと、もう大丈夫だ。

進藤龍介の体の強さ。転生してきた俺の心の強さ。

俺達二人で真白を守り続けてみせるから、もう絶対に泣かせたりなんてしないから。

真白を守る為に強くなった俺達が傍にいる。真白にはこれからもずっと笑顔でいて欲しい。

その想いと共に俺は真白が落ち着くまで、その小さな体をずっと抱き締めていた。


「ただいまーっ！」

「お邪魔しまっす」

あれから俺は予定通りに真白のアパートを訪れていた。

結構な大荷物になってしまった。

俺と真白の買った服、それに日用品と今日の夕飯の食材。

その荷物を全て一人で運んできたのでかなり疲れてしまった。

社会人だった前世の頃なら迷わずタクシーを使っていたな。

今は高校生だからそんな贅沢は出来ないけど。

リビングの床に荷物を下ろすと、白と黒の猫のぬいぐるみを持った真白が心配そうな表情で俺を見つめてくる。

「大丈夫……？　重かったよね？」

「いや大した事ないよ。むしろいい筋トレになったな」

そう言って笑ってみせたのだが真白は相変わらず不安げな表情のまま。

確かに重いは重いがこれくらい平気だ。本当に良いトレーニングにもなったと思う。

「何度もわたしも持つよって言ったのに……わたしの足を気遣ってくれて、龍介ほんとにありがとね」

「治ったって言っても心配だからな。気にしないでくれ」

「うん……っ。で、でもでも、お家に着いたんだから、もう無理しなくてもいいからねっ。わたしも運ぶから！」

「家主は真白だしそこは従おうかな。何処に何を片付けるかまでは分からないし」

「それに龍介、わたしを守る為に頑張ってくれたから。わたし、龍介に何も出来てないから」

「そんな事ないぞ。真白の笑顔を見られるだけで俺は嬉しいんだ」

「い、いきなりそんな事言われたら、わわっ……！　顔がふにゃふにゃになっちゃうよ……っ」

俺の素直な気持ちが恥ずかしかったのか、真白は顔を赤くしながら「うにゃあ」と言葉にならない声を漏《も》らす。

そのまま猫のぬいぐるみで顔を隠して、ちらちらと俺の様子を窺っていた。

推しの照れた姿は破壊力が高すぎて、俺は悶《もだ》え死にそうになってしまう。

こんな愛おしい姿を見せてくれる真白を守れた幸せを俺は噛み締めた。

そうして幸せに浸っていると真白が猫のぬいぐるみから顔を上げて上目遣《うわめづか》いで俺を見つめる。

「龍介、さっきは本当にありがとう。さっきの龍介、すごく、すっごくかっこよかった」

「なんだよ照れるじゃんか」

「だって本当にかっこよかったから……。もうずるいくらいだよ……」

「ずるいくらいか。そりゃ良かった。俺にとって真白もずるいくらい可愛いからな」

「もうっ。またわたしが照れる事言って……。龍介のばか」

「照れさせたくなっちゃうんだよな。本当に真白って可愛くて」

「もう、やめてぇ……。そんな事言われたらわたし、照れて何も出来なくなっちゃうよぉ……」

俺に褒められまくっているせいか、真白は恥ずかしそうに頬を染めて縮こまる。

ぬいぐるみで顔を隠しても、耳まで赤くしているせいで照れている事を隠せていない。

真白の照れた姿を独り占め出来る俺は幸せ者だ。

俺の心の中は真白への愛おしさで溢れていた。

それから真白は赤い顔のまま、ぬいぐるみをテーブルに一旦置くと俺の方へ向き直った。

きっとちゃんとお礼を伝えたいのだろう。

その気持ちが嬉しくて俺も姿勢を正して真白に向き直る。

「龍介、さっきは本当にありがとう。わたし龍介が一緒にいてくれて、すっごく心強かった」

「それなら良かったよ。これからもずっと一緒だから頼りにしてくれ」

「うん、頼りにしてるよ。一緒にいてね」

俺はふにゃりと微笑む真白に歩み寄って、そっと頭に手を乗せる。

すると真白は驚いたように目を丸くしたが、すぐに気持ち良さそうに瞳を閉じた。

「んっ。龍介からなでなでしてもらうの……気持ち良くて好き」

「そうか、そう言ってもらえて嬉しいよ」

真白は頭を撫でられるのが好きだ。

だからこうしてあげると嬉しそうな顔をしてくれる。

進藤龍介としての記憶をはっきり思い出したあの時、走馬灯のように流れていく記憶の中で、頭を撫でられて目を細める真白の顔が見えた。

それがとても可愛かったんだ。

だからもう一度見たくなった。もう忘れたくないと、この目に焼き付けたかった。

その手を離そうとすると、真白は俺の手を取ってもう一度頭の上に乗せていた。

それから彼女は見上げる、澄んだ青い瞳が俺の視線と交差する。

真白は俺を見つめながら言った。

「もっとして欲しいって言ったら、してくれる？」

俺は真白の髪をゆっくりと指ですくようにしながら言う。

「じゃあもう少しだけ」

すると真白は嬉しそうに微笑んだ。

「うん」

もう一度頭を優しく撫でると、真白は目を細めて幸せそうに頬を緩ませる。

ふにゃりと綻《ほころ》んだ柔らかな真白の笑顔を見ているだけで心が満たされる。

やっぱり真白には笑顔が似合う。

もっとこの子の笑顔を見たいと思って俺は真白に優しく微笑みかけた。

「真白、今日は楽しかったよな」

「うん、楽しかった。玲央くんと西川くんとも友達になれたし、いっぱい買い物したし。龍介のかっこいいところも見れた！」

「でもまだ楽しいのは終わんないぞ。今日の夕飯は最高に美味《うま》いのを作ってやるから」

「わわ、めっちゃ楽しみにしてたんだよ。龍介の手料理、早く食べたい」

幸せそうな笑みを咲かせる真白を連れて俺はキッチンへと向かう。

そして二人で笑顔のまま夕食の支度をし始めるのだった。

真白が俺に作って欲しいとリクエストした夕飯はオムライスだった。

チキンライスの上に卵がのったふわとろで美味しいあれだ。

真白の大好物と言えばオムライス。

そして俺が前世でバイトしていた喫茶店のメニューにはオムライスがあって人気メニュー。

何度も何度も作った事がある。

あの時の知識と経験を活かして、最高のオムライスを真白に食べさせてあげたい。

そう意気込んで調理を始め、その様子を真白はカウンターキッチンの向こう側から興味深そうに眺めていた。料理の最中に目が合うと真白は笑顔を見せてくれる、それが俺のやる気を後押しするのだ。

手慣れた手付きでフライパンを振ると真白が感嘆の声を漏らす。

「わあっ……すごい。フライパンの上で食材が踊ってるみたい」

「踊ってるみたい、か。そうやって褒められるのは初めてで少し照れるな」

「すごいよ、ほんとに。めっちゃ上手、とっても美味しそうだもん」

「作ってるのはまだチキンライスの方だからな。次のオムレツが俺の腕の見せどころだ」

「うぅー、待ちきれないっ」

子供のように目を輝かせる真白。

俺は真白をもっと喜ばせたくて、腕まくりをして本気モードに入る。

チキンライスが完成した後、俺はオムレツを早速作り始めた。

フライパンの上で熱しながらかき回した卵をオムレツの形に変えていく。

フライパンの先端に卵を寄せながら丁寧に形を整え、それからある程度になったら持ち手の部分をトントンと叩いていく。

すると徐々に誰もが見覚えのあるオムレツの形が出来上がっていった。

真白はその光景を眺めながら興奮気味に拍手を繰り返す。

「龍介ってほんとにやばっ！　料理の才能ありすぎっ！」

「ははっ、大袈裟《おおげさ》だって。コツを掴《つか》めば誰にでも出来るようになるから」

「ほんとっ？　じゃあわたしでも出来るようになるかな？」

「もちろん。真白が作れるようになりたい、って言うなら俺はいつでも付き合うぞ」

「やった！　ありがとう龍介っ！」

喜んでくれる真白を可愛く思いながら、俺は出来上がったオムレツを皿の上に運んでいく。

そして予め楕円形にしていたチキンライスの上にオムレツをのせて、包丁でオムレツを開いていけば――ふわふわでとろとろの卵がチキンライスを包んでいく。

そして最後の仕上げに俺はケチャップで真白が大好きな猫の絵を描いた。

それを見て真白はぴょんと跳ねるように喜ぶ。

「にゃにゃっ⁉　龍介、これって……⁉」

「どうだ、可愛いだろ？」

「うん、すっごい可愛い猫ちゃんだ！　ありがとね、龍介っ！」

「どういたしまして。それじゃあご飯にしようか、もう腹ペコだろ？」

「お腹《なか》ぺこぺこ。龍介の作ってくれたオムライスが待ちきれないよ！」

そう言って真白はカウンターキッチンを離れてテーブルに座った。

俺もエプロンを外してから、盛り付けられたオムライスと付け合わせに用意していたスープを運び、テーブルの上に並べた。

向かい合って席に座った俺達は、二人で手を合わせて「いただきます」と声を揃える。

スプーンを手に取った真白は早速俺の作ったオムライスを口に運んでいく。

ふわふわでとろとろの卵がチキンライスと一緒になって口の中に広がっていくのを、真白は幸せそうに頬に手を当てて味わっていた。

「見た目もすっごい美味しそうだったけど、食べてみたらもうびっくりするくらい美味しい！　こんなに美味しいの作れるならお店開けちゃうよ！」

「ははっ。じゃあ『喫茶店りゅーすけ、真白専門店』でも開業しようかな」

「ほんとに⁉　なるなる、常連になる！　そしたらもう毎日龍介にご飯作ってもらう！」

「お弁当のデリバリーサービスもやっておりますよ、お客様」

「きゃー、素敵すぎる。お外でも龍介の手料理が食べれるなんて嬉しすぎる」

真白は俺の冗談に本気で喜び、何度も何度も「嬉しい」と口にしていた。

ここまで喜ばれるとは思ってなかった俺は照れくさくて頬を掻く。

来週から真白の分の弁当も用意したら、彼女はどんな反応を見せてくれるのだろう。

そんな事を考えながら、俺はオムライスを美味しそうに頬張《ほおば》る真白を見つめる。

まるで子供のようにオムライスを食べる姿はとても愛らしく、ずっと見ていたくなるような気分になった。

そうして見つめていたら、不意に真白と目が合った。

星のように煌めく青い瞳が俺を映している。

俺の視線に気付いた真白は食べる手を止めて恥ずかしげに微笑む。

「ごめんね、つい美味しすぎて黙って食べちゃってた」

「いいさ。それだけ喜んでくれてるんだから」

「うん、ありがと。龍介の作ってくれたオムライスで元気いっぱいになったし、来週からのテスト勉強も頑張れそう」

「ん、テスト勉強？」

「あれ、そこはとぼけるとこじゃないでしょー？　もうすぐ期末テストなんだから、月曜日からテストの準備期間なんだよ？」

「ああ……そうだった。色々と忙しすぎて、テストの事がすっかり頭から抜け落ちてた……」

「その反応だと、とぼけてるんじゃなくて本当に忘れてたんだ？」

「そういう事になるな」

苦笑いしながら俺はチキンライスを口に運ぶ。

すっかり失念していたがもうすぐ7月だ。俺達が通う貴桜学園高校は7月上旬に期末考査があって、学校もテスト期間に入るところ。

転生直後でバタバタしていたせいで、テストの事を頭の片隅に追いやりすぎていたようだ。

「でもさ、学校サボってた時の龍介も中間テストの時は登校してきたよね。テストの時だけふらっと現れて、それで全教科赤点を逃れるなんて地味に凄い事やってた」

「地頭は良い方だからな。それにあの時はまだ、学校をどうしようか悩んでた時だし……もう少しだけ学校にしがみつきたかったのかな」

「うんうん。今の龍介なら勉強頑張ってるし、結構いい順位取れるんじゃないかな?」

「いい順位か……悪くないな、それ」

基本的にラブコメの不良キャラがテストの学年順位で上位に入る事はない。赤点ギリギリか、もしくは赤点で補習を受けての再テスト、そういう低空飛行を繰り返すものだ。

一方で学年上位は主人公側の人間がその高スペックぶりを示す一つの機会となっている。

成績という分かりやすい形で学力を示す事で、主人公の周囲はより輝いて見えるのだ。

そして今回の期末テストにも『ふせこい』ではとあるイベントが用意されている。

生徒会役員である東條宏《とうじょうひろし》という悪役がヒロインの桜宮美雪《さくらみやみゆき》を巡って、主人公の布施川頼人にテスト対決を挑んでくる。布施川頼人は東條宏を倒す為に猛勉強の日々に明け暮れ、そしてテストで学年1位の成績を残して東條宏に勝利するのだ。

(そうか、思いついたぞ。期末テスト……これはいいチャンスだ)

次の期末テストというのは『ふせこい』において重要なシーンだ。

布施川頼人と東條宏の対決によって多くの人達がテストの結果に注目している。

それを俺が悪役を脱却する為の足がかりにするのだ。

本来なら決して学年上位に並ぶ事のない俺の名前を刻み、それを学校中に見せつける。

不良だった俺が更生して真面目になった事を、テストの成績を通じて証明する。

多くの人々が抱いている俺への偏見を払拭してみせるのだ。

今までの進藤龍介なら不可能に近い事でも、前世で死ぬ程勉強した俺なら、ラブコメにとって聖域とも言える学年上位に食い込む事は不可能じゃないはず。

これは決して原作になかった展開だ。

作中に描写された期末テストの順位表の上位に進藤龍介の名前は決してなかった。

真白が世界最強の美少女に生まれ変わり、新たなヒロインとして出会いを果たしたあの時のように、原作にないイレギュラーを引き起こす事で物語は本来の軌道から外れていく。俺も真白のように原作にはなかったイレギュラーを起こして、悪役としての本来のストーリーとは違った未来を歩んでいくのだ。

その為にも期末テストで結果を残そう。

「よしっ……！　やってやるぞ、次の期末テスト！」

「わっ、すごいやる気。もしかして何か目標があるの？」

「ああ。真白もびっくりさせてやるからな」

「龍介が頑張るならわたしも頑張るっ！　分かんない事があったら何でも聞いて！　あっそだ、一緒に勉強会しようよ！　実は結構憧れたんだ、龍介と一緒に勉強とかしてみたかったの！」

「もちろんだ。来週から一緒に勉強しよう、分からないところがあれば俺が教えるし、俺が困ったら真白が助けてくれると嬉しい」

「うんっ、一緒に頑張ろうね。約束だよ？」

真白はそう言って小指を差し出してくる。

俺はその小指に自分の小指を絡め、しっかりと結んだ。

こうして俺の高校生活における最初の関門『期末テスト』へ向けて、真白と共に勉強する事が決まった。それともう一つ、実はこっそりと悪役脱却に向けて計画しているプランがある。

俺はその内容を真白に話し始める。きっと真白ならその力になってくれるはずだ。

真白は耳を傾けて時折、驚いたり笑ったりしながら、最後まで俺の話を聞いてくれた。

俺の考えたもう一つのプラン、それをお披露目出来るのは休み明けの月曜日。

学校へ行くのが今から楽しみで仕方がない。

第四章 ✿ 運命を越えて episode 4

日曜日は計画の実行で大忙しだった。その日もまた真白に手伝ってもらって、俺《おれ》の考えていた内容が行動に移され、徐々に形を成していく。

そして迎えた月曜日の朝。

学校に行く支度《したく》を終えた俺は洗面所の鏡と向かい合っていた。

ネクタイを首元まで上げて、ボタンを締めて制服をしっかりと着こなす。

そして鏡に映る自分に向けて俺は大きく頷《うなず》いた。

真っ黒に染め直した髪。

少し長めだった髪を短く切って爽《さわ》やかな印象に。

耳元で光っていたピアスは全《すべ》て外し、厳《いか》つい顔が少しでも和らぐよう眉毛《まゆげ》も整えた。

鏡に映るのは眩《まぶ》しいくらいの好青年だ。

今までの不良らしい俺の姿はそこにない。

俺はずっとこう考えていた。

髪というのはラブコメ作品において重要な役割がある、と。

キャラクターを表現する際に個性を際立《きわだ》たせる為、マンガやアニメ・ゲームでは多彩な髪色や髪型が用いられる場合が多い。そしてそれはコミックから始まり、アニメ化されて人気を博した『恋する乙女は布施川《ふせがわ》くんに恋してる』でも同様だ。

特に主人公側は分かりやすい。髪色や髪型の役割が顕著に出ている。

主人公、布施川頼人《らいと》はシンプルな黒髪短髪。

正統派美少女のヒロイン、花崎優奈《はなさきゆうな》は光沢のある赤髪ロングヘア。

活発系の幼馴染《おさななじみ》ヒロイン、姫野夏恋《ひめのかれん》は濃い青色のツインテール。

イギリス系ハーフの生徒会長、桜宮美雪《さくらみやみゆき》は美しいブロンドの長髪を上品に巻いている。

主人公の親友キャラである玲央《れお》も銀髪の爽やかイケメンだし、その友人の西川恭也《にしかわきょうや》は赤みがかった栗色のベリーショートだ。

こうして主人公側は一切《いっさい》の被《かぶ》りがなく、ひと目見てそのキャラクターが誰《だれ》か分かる記号のような形で髪色と髪型が分けられていた。

そしてそれは特別な役割を与えられた不良キャラである俺や真白《ましろ》もそうだった。

不良っぽい少し長めの髪を茶色に染めていた俺、ギャルだとひと目で分かるよう髪を金色に染めてサイドテールに結んでいた真白。他の不良キャラも同様で誰が見ても『それっぽい』と思わせるような髪型と髪色をしていた。

そうして俺達は物語の登場人物として記号化され、マンガの読者やアニメの視聴者から分かりやすく認識される。

そこに重大なヒントがあった。

俺はとある事がきっかけでそれに気付いたのだ。全部真白のおかげだ。

彼女は俺の好みに合わせたいと、俺への想《おも》いを努力に変えて、見た目を大きく変化させた。

黒髪ロングというヒロインを代表するような王道的な髪型に変え、服装もギャルとは思えない清楚《せいそ》さ溢《あふ》れる上品な姿を意識するようになる。

そして誰もが魅了される程の最強の美少女に生まれ変わった。

すると、この物語は彼女への認識を改める。

真白に悪役は相応《ふさわ》しくない。彼女は悪役からヒロインに昇格し、主人公と廊下でぶつかって出会いを果たすという原作にはなかったイレギュラーな展開が発生した。

つまり——俺もこうして髪色から髪型、服装に至るまで悪役に相応しくない姿を取れば、それが大きな力になるのではないかと考えたのだ。

不良だった俺が更生し真面目《まじめ》に授業を受けるようになっても、周りの生徒達の殆《ほとん》どがあまり良い反応を示さない。何か裏があるんじゃないかと、根も葉もない噂を流される事もあった。

それはこの学園に通う生徒達が本能的に俺の事を悪役だと認識しているから。

布施川頼人を物語の主人公だと認識して近寄らないのと同じように、俺が何をしても悪役のやっている事だと思われている節がある。

だけど真白のように髪型を変える事で、俺の変化を印象付ける事が出来たなら？

印象が変わると評価も変わる。

そして印象を左右する大きな要素として見た目は分かりやすい。

本当はもっと早くから髪型や髪色を正しておきたかったのだが、平日は忙しすぎて美容院に行っている時間もなかったし、急ぎすぎたあまり失敗してしまう可能性もゼロにしたかった。

だから俺は既に成功している真白を頼ったのだ。

彼女が通っている美容院を聞いて、同じ美容師さんの手でこのプランを実行に移したかった。

そしてそれは真白の連れ添いのもと、大成功。

髪型も髪色も全ては俺の理想通り。

「よし……完璧《かんぺき》だ」

大きく変わった自分を見つめながらそう呟《つぶや》く。

そして足元の学生鞄《かばん》を拾い上げて俺は玄関へと向かう。

外に出ると明るくて元気な挨拶《あいさつ》が聞こえてきた。

「おはようっ、龍介《りゅうすけ》！」

「真白？　お前、外で待ってたのか？」

「えへへ、龍介をびっくりさせたくてこっそりね」

朝日よりも眩しい笑顔を向けてくる真白。

彼女は俺を応援したくて、ずっとここで待ってくれていたのだ。

そんな真白の天使っぷりに胸を打たれながら、俺は彼女の頭の上に手を置いて軽く撫《な》でる。

すると真白はふにゃっと頬《ほお》を緩めて気持ち良さそうに目を細めた。

「ありがとうな、真白。来てくれて」

「ううん、わたしも龍介と一緒に学校行きたかったから」

「そっか。じゃあこれからは待ち合わせ場所と時間を決めて毎日一緒に登校するか」

「龍介と毎日一緒に登校……えへへ、やばっ。嬉《うれ》しすぎて顔がニヤけるっ」

そう言ってはにかむ真白の笑顔は、思わず抱き締めてしまいたくなるくらいに可愛《かわい》くて、温かな感情が俺の胸の中に溢れていく。

やっぱり真白は推せる。

こんなに可愛くて健気《けなげ》なヒロインが、俺にだけ特別な感情を向けてくれるなんて最高すぎる。

夢のような現実の中でふわふわとした感情に浸っていると、家の玄関が開いて母さんが姿を現した。

母さんは真白の姿を見つけると嬉しそうな笑みを浮かべる。

「真白ちゃん、おはよう。龍ちゃんの所に来てくれたの？」

「おはようございますっ、舞香《まいか》さん。今日は龍介と一緒に学校に行きたくて張り切って来ちゃいました」

「あらあら。二人が一緒に登校なんて久々よね。私、とっても嬉しいわ」

「これからは毎日一緒です。よろしくお願いしますね、舞香さん」

「こちらこそ龍ちゃんをよろしくね。それとＲＩＮＥで聞いていたけれど、髪を黒く染め直した真白ちゃん、とっても可愛いわ～」

「えへへ。今日からは龍介とお揃《そろ》いなんですっ。それがわたしも嬉しくて」

真白はゆるゆると口元を綻《ほころ》ばせて幸せそうに笑い、自分の髪の毛先を指で弄《もてあそ》ぶ。

そうか、真白も俺が髪を黒く染め直したのを喜んでくれてるのか。

そう思うと俺も胸を張れる気がする。

「それじゃあ真白、学校に行こう。母さんも仕事頑張ってな」

「もちろんよ。龍ちゃん、真白ちゃんと仲良くね」

「舞香さん、いってきます。また後でＲＩＮＥしますね」

「楽しみに待ってるわよ、真白ちゃん」

母さんに手を振って別れを告げた俺は真白と並んで歩き出す。

学校へ向かう俺達の足取りはいつもよりずっと軽《かろ》やかだった。


学校が近付いてくると、俺と真白は周囲の生徒達から多くの視線を集めていた。

だがそれは先週にもあった敵意を込められた視線ではない。

どちらかと言えば羨望に近い眼差《まなざ》しだ。

黒く髪を染め直して、爽やかな短髪に変わった影響を俺は既に感じ取っている。

そして何よりも俺の隣を歩く彼女の姿に誰もが目を奪われているのだ。

最高のヒロインである真白。

彼女がこうして歩いているだけで通学路という空間が輝きを放つ。その光は背景であるモブキャラ達にとってあまりに強烈すぎて、眩しすぎて、思わず見惚《みと》れてしまうのは当然の事。

そしてそんな彼女の隣を歩いていても、嫉妬《しっと》や憎悪が俺に向けられる事は全くない。

以前の不良っぽい見た目なら『どうしてあんな可愛い子があんな男なんかと』と負の感情が込められた視線と言葉が向けられていただろう。でも今の俺は最高のヒロインである真白の隣を歩くのに相応しい姿になった。

つまり俺は真白の引き立て役ではなく、隣を歩ける程の好青年に変われたのだ。

ただ普段と違う視線を浴び続けるというのは少しむず痒《がゆ》い。

俺はいつもとはまた違う居心地の悪さを感じていた。

すると俺の変化に気付いた真白が小さく笑い声を漏《も》らす。

そして肩を寄せながら上機嫌な様子で口を開いた。

「龍介ってばなんだか緊張してるっ？」

「緊張、というかそうだな……周りの反応がいつもと全然違うから、少し不思議な気分だ」

「あはは、分かるかも。わたしも髪を黒く染め直して清楚っぽくしたらさ、登校中とか学校にいる時とか、すっごい見られるようになったんだ。だから龍介の気持ちもなんとなくだけど理解出来るかなー」

「やっぱりそうか。まあ俺はともかく、真白は最強に可愛いからな。おしゃれだし、性格もいいし、いるだけで空気が変わる。周りの反応も頷けるよな」

いつもと違う環境にいたせいか、真白への褒め言葉を無意識の内に言ってしまう。

もちろんそれは真白にも聞こえていて、彼女は目を丸くして俺の顔を見上げていた。

そしてその後、顔を赤く染めた真白は俺の袖口《そでぐち》を摑《つか》んで俯《うつむ》きながらぼそっと呟く。

「ほ、褒めすぎだよ……龍介のばか」

「わ、悪い。その、普段から思ってた事がつい出ちゃったというか……」

「もう……嬉しいけど恥ずかしい。いきなりそういう事を言うのは反則なんだからね……？」

真白は耳まで真《ま》っ赤《か》にさせながら「う～」と小さく唸《うな》り、俺の袖《そで》を摑む力を少しだけ強めた。

袖口を摑まれているから逃げる事も出来ず、俺は真白の可愛い反応に悶《もだ》え死にそうになる。

というか今かなり恥ずかしい事を言っていたぞ俺。

そしてそれに気付いた時にはもう遅かった。

登校中に、周りにたくさんの生徒がいる状況で、こうして真白とイチャついたものだから、俺達に浴びせられる視線は更に強くなっていた。

その視線に真白も気付いたのか、顔を真っ赤にしたまま視線を落とす。

俺も急に恥ずかしくなって頬を掻《か》いて二人で黙ってしまう。

それからしばらくは無言のまま歩き続けた。

でも嫌な沈黙じゃない。

むしろ心が温まるような優しい空気が流れていて、それが妙に心地良い。

こうして俺達は肩を並べてゆっくりと歩きながら学校へと辿《たど》り着いた。

多くの生徒が校門をくぐっていく中で真白は立ち止まる。

「どうした真白?」

「あのね、龍介。ちょっとこっち向いて?」

「ん?」

言われた通りに真白の方に振り向くと、彼女は背伸びをして俺のネクタイに手を伸ばした。

そして結び方を整えてネクタイを真《ま》っ直《す》ぐに伸ばすと小さく笑う。

その笑顔はいつもより大人びていて色っぽい。

そんな真白に見惚れていると、彼女はゆっくりと手を離して囁《ささや》いた。

「これでよしっ。かっこいいよ、龍介」

「……あ、ありがとな。その、嬉しい」

「うんっ。それじゃあ教室に行こ。みんなを驚かせてあげないとね」

「だな。行こう」

そうして俺と真白は校門をくぐって校舎の中へ入っていった。

通学路の時と同じような視線を昇降口でも、廊下でも受けながら俺達は教室へと向かう。

真白は一組なので俺よりも先に教室に辿り着く。

中へ入る前に彼女はぽんっと俺の背中を軽く叩《たた》いてくれた。

「応援してるからね、龍介。頑張るんだぞっ」

「ああ。昼休みになったらすぐそっちに行く。待っててくれよ」

「分かった。待ってるね」

そして真白は自分のクラスである一組の扉を開けて、俺はすぐ隣の二組の扉を開けた。

ここからは一人だ。でも不安はない。

真白が応援してくれているんだ。それだけで勇気が溢れてくる。

俺が教室の中に入るとクラスメイト達の視線が一斉に集まった。

外ではガラリとイメージを変えた事もあって、俺が進藤龍介《しんどうりゅうすけ》だと気付いていない生徒が多かった。でもこの教室ではそうはいかない。

いくら髪を染めて爽やかな好青年のようになっても、クラスメイト達は俺が悪役の進藤龍介であると認識する。だからと言って怖気《おじけ》づくつもりはない。

心に決めたからな。真白を幸せにするって、その為に俺は変わるんだ。

教室に玲央の姿はまだなかった。

バスケ部の朝練でまだ来ていないんだろう。

しかし玲央以外の主要人物は全員揃っている。

ヒロイン達も目を丸くして驚いているが、俺の変化に誰よりも驚いているのはこの物語の主人公、布施川頼人だった。

彼の表情は見ていてとても分かりやすい。

元々感情が顔に出やすい性格だが、この変化には本当に驚いているようだ。

(これで伝わってるといいんだけどな)

どうして原作の進藤龍介が主人公である布施川頼人と敵対していたのか。

それは布施川頼人が大切な人の笑顔を守り続けられる強い心の持ち主だったからだ。

龍介にとって自分が本当になりたかった理想の姿を見せつけられて、眩しくて、切なくて。

やがて龍介は布施川頼人に妬《ねた》ましい程の憧《あこが》れを抱く事になる。

嫉妬と羨望、複雑な感情が渦巻いて、それが龍介を暴走させてしまった。

でも今の俺は主人公に決して敵対しない。

心を共にして真白を傍《そば》で支え続けるのだと誓った今、悪役ではなく普通のクラスメイトとして、俺は俺なりのやり方で幸せな青春を謳歌《おうか》する。

この黒い髪はその決意の表れだ。

それが伝わってくれている事を祈りながら、俺は自分の席に向かっていった。


午前の授業を受け、昼休みは真白と一緒に弁当を食べ、そして午後の授業を終える。

クラスメイト達は俺の変化に戸惑っていたが、以前に比べて更に態度が軟化したように思う。

先週までは腫れ物に触れるような扱いだったが、髪を黒く染め直してからは休み時間に割と普通に接してくれるようになったように感じる。

先生達もまた然《しか》りだ。

やはり見た目が変われば印象が変わるようで、監視の目を光らせていた先生達も少しばかり優しい態度を見せてくれた。

それを嬉しく思いながら迎えた放課後。

俺は主人公と悪役による会話シーンを目にしていた。

「布施川頼人、ボクと勝負しろ！」

「勝負ってどういう事だよ。俺はただ美雪先輩と仲良くしているだけで、それをお前がどうこう言う資格はないはずだ」

「いいや、あるね！　ボクは生徒会役員として桜宮会長の活躍をこの目で見てきた！　そして気付いたんだ、お前に桜宮会長の隣は相応しくないってな！」

放課後の教室に響く二人の声。

主人公の布施川頼人と生徒会役員の東條宏《とうじょうひろし》が対峙《たいじ》する。

ヒロインである花崎優奈と姫野夏恋の二人は固唾《かたず》を呑《の》んでその様子を見守っていた。

俺はというと『ふせこい』の重要シーンに関《かか》わらないよう、原作ファンとして二人のやり取りを眺めていた。

二人はしばらく睨《にら》み合《あ》っていたが、やがて東條宏は布施川頼人に向けて指を差す。

「ボクは桜宮会長の傍に在るべき人間だ。それなのにお前が桜宮会長を独占して離さないから会長も迷惑している。それを理解出来ずにいる事がボクには我慢ならない！」

「お前がそう思うのは勝手だが、美雪先輩がどう思っているかは分からない。お前にそれを代弁する資格はないだろ」

「ふっ、あるさ。ボクは桜宮会長に認められた数少ない人間だ。それを分からせてやるよ。どちらが桜宮会長に相応しいのかを、このボクと勝負してな！」

「勝負って一体何を……」

「桜宮会長は学園で一番の才女だ。定期考査でも常に1位の座を守り続けている。その一方でお前は学園の平均点も取れない落第だ。そんな君に対してボクは前回の中間テストで学年4位。どちらが桜宮会長に相応しいかなんて、誰がどう見ても明らかだろ」

「っ……。ならお前は期末テストの結果で勝負したいと、そう言いたいわけだな？」

「その通り。期末テストの点数を競おう。全教科の総合点数でどちらが上か。それで勝負だ」

「なるほどな。じゃあ俺が勝ったら？」

「その時は潔く身を引く。でも、お前が負けた時は二度と会長には近付かないでもらおうか」

「何だよそれ……本気で言ってるのか？」

「ボクは本気だ。それともやっぱり負けるのが怖くて逃げてしまうのかな、布施川くん？」

「ふざけるな。誰が逃げるか」

「なら勝負だ。ボクは必ずお前を倒す。お前が桜宮会長に相応しくない事を証明してやるよ」

「絶対にお前なんかに負けない。俺は東條の考えが間違っている事を証明してみせる」

教室内に漂う緊張感。

主人公と悪役の衝突。

その始まりを生で目撃しているという事実に俺は言いようのない興奮を覚えていた。

（やっぱり原作ファンとしてこういうシーンはたまらないな……）

二人のやり取りを目に焼き付けた後、俺は席を立って教室を出ていった。

東條宏は生徒会長の桜宮美雪に強い憧れを抱いており、そんな桜宮美雪が平凡な男子生徒である布施川頼人に想いを寄せている事が我慢ならなかった。

学年でもトップクラスの成績、生徒会役員としての仕事をそつなくこなし、桜宮美雪を支える東條。自分こそが桜宮美雪の隣に相応しいのだと東條は確信し、布施川頼人を追い払う為に勝負を挑むのだ。

一方で布施川頼人は東條からの勝負を受けて、このテスト期間中に猛勉強を始める。

ヒロイン達は布施川頼人に協力し、主人公を支えて成長へと繋《つな》げてくれるのだ。

そして主人公は東條という大きな壁を乗り越えて、期末テストで学年1位という快挙を成し遂げる。ヒロイン達との絆《きずな》は更に強まり、物語は夏休み編へと突入していく。

さっきのやり取りも『ふせこい』で見たそのままだったし、原作ファンとして興奮しないわけがない。しかし俺はそのイベントに関わらない事を決めている。

今俺がやるべき事は布施川頼人の物語に介入する事ではなく、このテストをきっかけに悪役を脱却して真っ当な学園生活を手に入れる事なのだから。

教室を出た後、俺は隣の一組で待っていてくれた真白を連れて移動を始める。

俺と真白が向かったそこは静かな場所だった。

開けっ放しのカーテン、空っぽのロッカー、埃《ほこり》を被った机と、座る者のいない椅子《いす》。

そこは普段俺達が使っている教室ではない。

別棟にある空き教室で、俺はそこに真白と二人で訪れていた。

理由は一つ、ここで真白と一緒に期末テストに向けた勉強会を開く為。

ここは主人公達が使う為に用意された空間だ。

原作にもあったヒロインから主人公への告白イベントや、ロッカーに隠れた主人公が別のキャラ同士のキスシーンを目撃してしまう場所。

原作の重大なイベントシーンの大体はこの空き教室で行われている。

先週の時点なら絶対に近付きたくなかったが、テスト期間に入った今ならとある理由で利用したいと思っていた場所でもあった。

真白は空き教室に入った後、その中をぐるりと見回した。

「へえ、こんな所に空き教室なんてあったんだ。知らなかった」

「だろうな。他の生徒達も知らないみたいだ。学校の間取図とかよく調べたら別棟にあるのを見つけてな」

「龍介よく見つけたね。なんか秘密基地みたいな感じでわくわくする」

真白は目を輝かせながら楽しげにそう言った。

確かにここは特別な空間だ。

恐らく物語の主要キャラ以外はこの空き教室の存在を知らない。

主人公がイベントを行う為だけに用意された聖域であり、物語を都合よく展開する為に周囲から一切の邪魔が入らないような不思議な力が働いているのだろう。

そりゃそうだよな。告白イベントの最中にモブキャラが大勢入ってきたり、廊下で大騒ぎされたりしたら興醒《きょうざ》めだ。

その不思議な力は今の俺にとって都合の良いものだった。

モブキャラが入ってこない、という事は彼らによる邪魔が入らないという事。

それに俺の知っている原作展開では、東條に勝負を挑まれた布施川頼人はヒロイン達と共に自宅での勉強会を開催する。

布施川頼人の家にヒロイン達が集まり、夜遅くまで猛勉強に勤しむ事になるのだ。

つまりモブキャラだけではなく主人公達も今この空間にやってくる可能性はなくて、俺と真白だけの特別な自習室として使えるわけだ。

静かで誰の邪魔も入らない、テスト勉強するのに最も適した環境だと言えるだろう。

そしてこの勉強会を通じて俺は期末テストで好成績を取る。悪役の不良キャラには決して出来ない事を成し遂げて、周りからの信頼を得る為の足がかりにするのだ。

俺と真白は机をくっつけて、鞄の中から教科書や筆記用具などを取り出していく。

「さて、それじゃあ早速始めようか」

「うん、何からやる？　英語、数学？」

「そうだな。とりあえず俺は得意な数学やってテストに向けて問題なさそうなら、次の教科に……って思ったけど」

「すごい、龍介ってば数学得意なんだ。わたしは数学あんまり得意じゃないなあ」

「それなら教えてやれる。具体的に何処《どこ》が分からない？」

「うーんとね」

数学の教科書をぺらぺらとめくりながら、真白はとあるページで手を止めた。

「このへんかな。中学の時と違って複雑で……」

「ここは理解が難しくて得点差が出やすい部分だ。しっかり身につけたら良い点取れるぞ」

「ほんとっ？　それじゃあ頑張る！」

「よしよし。俺も復習がてら真白に教えるか、まずは……」

こうして俺と真白の勉強会が始まろうとした時だった。

空き教室の扉が開いて誰かが入ってくる。

突然の事に俺は一瞬体が強張《こわば》った。

ここはモブキャラには存在を知られていないラブコメ世界の聖域のはず。

一体誰が——。

しかしそこに現れた人物を見て俺は納得した。

モブキャラには立ち入り出来ない聖域でも、物語を彩《いろど》る主要キャラなら話は別なのだ。

そこにいたのは主人公の親友キャラ、木崎玲央《きざきれお》。

その後ろには玲央の友人の西川恭也《にしかわきょうや》の姿があった。

「やあ龍介、探したよ」

「玲央、バスケ部の練習は？」

「テスト準備期間中は休みだよ。それでたまには一緒に帰ろうって龍介を誘おうと思ったんだけど、放課後になったらすぐに教室を出ていったからさ。靴箱にはまだ靴が残っていたし、RINEを送っても返事がないから何処に行ったんだろうって探してたんだ」

「すまんな、玲央。勉強に集中しようと思ってスマホの電源切っててさ」

俺がそう言うと玲央はくっつけられた机と俺の前に座る真白を見た。

「なるほど。真白ちゃんと勉強している最中だったんだ、お邪魔しちゃったみたいだね」

「いやいや、そんな事はないぞ。玲央はテスト勉強とかどうするつもりなんだ？　もしかして一人で？」

「恭也が勉強教えてくれってせがむから、僕も恭也と二人で勉強会を開くつもりだったんだ。頼人は花崎さん達と集まって家で勉強会するらしいから、今回のテストは彼女達に任せようと思ってね」

「それじゃあせっかくだし俺達と一緒に勉強するか？　ここ、殆どの生徒には知られてない場所で静かだから集中出来るんだ」

玲央も主人公の親友キャラとして布施川頼人に勉強を教える事になるが、その展開はまだまだ先だ。

テスト前日になって布施川頼人に頼まれて、テストに向けての最終チェックを行う流れになっている。それまでなら玲央と一緒に勉強しても大丈夫だろう。

そして俺の提案に玲央は乗り気のようで、うんうんと頷きながら爽やかな笑顔を浮かべた。

「龍介が誘ってくれるなら是非お願いしたいな。君の言うようにここなら静かで勉強が捗《はかど》りそうだしね」

「真白はどうだろう、玲央と西川が参加しても大丈夫か？」

「うん、もちろん大歓迎！　みんなで勉強した方が楽しいもん！」

真白の許可も下りたところで、俺と真白の席に二つの机と椅子をくっつける。

これで四人仲良く勉強出来るだろう。

ただその席順に問題があったようで――。

「西川くん、大丈夫？　すごい顔真っ赤で汗いっぱいかいてるけど？」

「だ、だいじょびゅっす……！　なんでもなひんでっ……」

「あはは。西川くんってばまた噛《か》んでるっ」

空き教室に入ってきた時から一言も喋《しゃべ》っていなかった西川だが……どうやら真白の姿を見てめちゃくちゃに緊張していたらしい。

勉強会に参加して真白の隣の席になった事で完全にアガっていた。

そんな彼の様子を対面して座る玲央が心配した表情で見つめている。

「恭也……どうする？　僕、隣に行こうか？」

「いっ、いいっ、おれっ、ここでっ、平気っ、でしゅっ」

「噛み噛みじゃないか。駄目だよ、それじゃあ。勉強に集中出来ないだろう？」

「う、うう……」

西川は隣の席で真白と触れ合いたかったんだろうが……だよなあ。

目的は勉強だから真面目な玲央が今の状況を許してくれるわけがないよな。

「ごめん真白ちゃん。その席、僕に譲ってくれないかな？」

「うんっ。それじゃあわたしは玲央くんの席に引っ越しますね」

「玲央、西川を集中させたいなら俺も移動しようか」

「だね。出来れば真白ちゃんと恭也を離した方が良さそうだ」

こうして行われた席替えで、俺の隣は真白が、西川と玲央が隣り合う。真白と西川を離すように席替えしたので、今の配置なら話しかけられなければ多分大丈夫だろう。

みんながノートと教科書、そして筆記用具を取り出したのを確認して俺は声をかけた。

「それじゃあ気を取り直して始めるか、みんな頑張ろうな」

「「「はーい」」」

こうして放課後の勉強会がスタートしたのだった。


静かな教室にカリカリと紙に文字を書き込む音と教科書をめくる音が響く。

時折聞こえる息遣い。

それが聞こえてくるのは、この教室に俺達四人だけしかいないからだ。

皆が勉強に集中していて、誰も声を発する者はいない。

ただひたすらペンを走らせ、問題を解いていく。

俺も家にいる時よりもずっと集中出来ていた。もしかするとこの空き教室には人を勉強に集中させる特別な効果まであるんじゃないだろうか。

そんな事を考えていると——その静寂を西川が破った。

「駄目だ！　分かんねえ……！　何でこんなに難しいんだ⁉」

「恭也、大丈夫かい？　何処が分からないか教えてくれよ」

「あーえー……分かんねえ所が分かんねえ。テスト範囲の全部が分かんねえ」

「恭也……えっとじゃあ、この部分は？」

「んー？　ああ、この選択問題だろ？　ほいっ」

西川はペンケースから出したサイコロの形の消しゴムを軽く投げてコロコロと転がした。

そして出た面を見ながら元気よく答える。

「よし、Cだ！」

「はあ……恭也、確かにCで正解なんだけど。運の良さを見せて欲しいんじゃなくて、その問題への理解度を僕は知りたいんだよ」

「だって分っかんねえもんはしょうがねえじゃん。おれ勉強は苦手なんだよ」

西川がシャーペンを投げ出して机の上に突っ伏すと玲央は大きく溜息《ためいき》をつく。

「恭也……本当に君は変わらないな。高校の受験勉強の時から全く一緒だ」

やれやれと額に手を当てて首を左右に振る玲央。

そんな玲央を見ながら俺はふと思った事を口にした。

「受験勉強の時からって事は、玲央は西川と中学の頃から一緒なのか？」

「そうだよ。恭也とは同じ中学でバスケ部だったんだ。僕が貴桜《きおう》学園高校に入りたいって進路希望を出したら、同じ学校でバスケをやりたいって恭也は言ってくれてね」

「なるほど。それで西川をこの高校に入学させる為にずっと前から勉強を教えているわけか」

「まあね。本当に大変だったよ、この通り恭也は勉強が苦手だからさ。中学三年の時は殆ど付きっきりだったかな、あはは」

「なっ⁉　玲央、それは言わない約束だろ！」

「いや、龍介も真白ちゃんも、僕と君の様子を見たら分かると思うけど」

「そ、そりゃそうだけど……でもおれには幸運の女神様がついてるから……」

「運も実力のうちかもしれないけど、勉強は身につけてこそ意味がある。投げ出さずに頑張ろう、僕も最後まで付き合うからさ」

「うう……学年2位の玲央がいてくれて良かったぜ」

玲央の言葉に安心した様子を見せる西川。

そんな彼の言葉を聞いて真白がノートから顔を上げた。

「すごい、玲央くんって前回の中間テストで学年2位だったんですか？」

「そうだね。文武両道を目指していて、部活だけじゃなく学業の方にも力を入れているんだ」

「へぇーっ。一年生からバスケ部のレギュラーで、学年でも2位なんてびっくりです」

真白と玲央の会話を聞きながら、原作通りの設定だなと納得する俺。

玲央は主人公の親友キャラとして色々な才能を有している。

容姿端麗、文武両道という才色兼備に、性格まで良い完璧超人。

原作でも主人公の周囲を彩る友人としてその才能を遺憾なく発揮していた。

玲央以外の学年上位勢についても情報を集めておこう。

原作と違う事もあったりするかもしれないし。

「なあ玲央。学年2位って話だけど、お前よりテストの成績がいい奴《やつ》がこの学校にいるのか？」

「だね。全教科合わせて10点も差を付けられてしまったよ」

「ちなみに誰だ？　中間テストの時の俺は、自分が赤点じゃないのを確認しただけで他を見てなくて」

「僕達と同じクラスさ。頼人の隣の席の、花崎優奈さんが学年トップだよ」

「やっぱりそうか。あの子が学年で一番頭がいいんだな」

花崎優奈が学年トップなのも原作通りの設定だ。作中に行われた定期テストでほぼ毎回1位を取って布施川頼人に褒められていたのを俺もよく覚えている。

目を奪われる程の美貌に、誰もが羨《うらや》む頭脳。まさにヒロインに相応しい存在だと思う。

そんなヒロインに愛される事で主人公である布施川頼人は、自己投影してくれる読者や視聴者と優越感を共有出来るわけだ。

「ちなみに聞くけど花崎さんは運動神経も抜群だったりするのか？」

「花崎さんはおっとりしているから、運動は得意ではないみたいだね。体育の授業を見ている限りでも運動は普通な子だよ。運動が得意なのは頼人の幼馴染の姫野夏恋さんだね、中学の頃は陸上部のエースで県大会優勝の経験もあるらしい」

「ほう、それは凄《すご》いな……」

「でも姫野さん、高校からは陸上部に入ってない。もったいないと思うけど、姫野さんは頼人との時間を大切にしたいそうだ」

「布施川にベタ惚《ぼ》れってわけか」

「だろうね。頼人は鈍感だから気付いてないと思うけど、彼の周りにいる女性達は皆、頼人に心の底から惚れているのは見て取れるよ」

玲央も布施川頼人のハーレム状態に気付いているという事か。

それにしても玲央が話してくれる内容はまさに原作通りの設定だ。

勉強は花崎優奈が、運動は姫野夏恋が、それぞれ主人公の周囲を彩る為のヒロインとして別々の才能を持っている。

もう一人のヒロインである桜宮美雪はそんな二人がカバー出来ない経済面などをサポートしていた。海外旅行やテーマパークなどでイベントをこなす際は、桜宮美雪が実家の太いパイプを使って主人公である布施川頼人をもてなしてくれるのだ。

そうして玲央と話をしていると、さっきまで教科書を見ながら唸っていた西川が顔を上げた。

「夏恋ちゃんすげーよな。おれ、あいつが走っている姿を見た事があるんだけどよ。風のように速くて綺麗《きれい》なんだぜ」

西川が遠い目をして言う。

その様子を見ているとちょっとからかいたくなってくるな。

「西川はスポーツ系女子がタイプなのか？　もしかして惚れてるとか？　確かに可愛いもんな、姫野さんは」

「ほ、惚れてねえよ！　あれだ、なんつーかあれ、推せるんだよな……！　Ｖｔｕｂｅｒとかアイドルみたいな感じでよ！」

「Ｖｔｕｂｅｒにアイドルなあ。西川って一緒にエイレックスした時も思ったけどさ、結構オタクっぽいところあるよな」

「龍介、お前もだろ？　好きなアニメと漫画について熱く語ってたじゃねえか。意外だったぜ、不良かと思ってたら実はオタクだったなんてよ」

「否定はしないな。好きなもんは好きだし隠す必要もない。西川だってそうだろう？」

「おう、そうだよなっ。なんか嬉しいぜ、こういう話が通じるダチがいてよ。これからもよろしく頼むわ！」

西川はそう言って笑顔を俺に向けてくる。

その様子を眺めている玲央は目を丸くして驚いていた。

「恭也、いつの間に龍介とそんな仲良くなったんだい？　すぐに龍介の良さを分かってくれるとは思っていたけど」

「あー日曜日に龍介がエイレックスで一緒に遊ぼうって誘ってくれた時だな。そん時にパーティー組んでゲームしながらあれこれ話してよく分かったぜ。趣味は合うわ話してて楽しいわ、しかもチームプレイに徹してるし、そんで一人で敵チームをなぎ倒すくらいにうめーしよ。流石《さすが》はプレデターだぜ」

「なるほどね。互いの趣味を通じて分かり合えたっていう事か。僕も嬉しいよ」

「おう。玲央があんだけ褒めてた理由も分かったぜ。確かに龍介は真面目で誠実でいい奴だ」

玲央と西川は笑い合いながらそんな会話をしている。

玲央だけじゃなく西川とも仲良くなれて俺も嬉しい。

そんな友達と同じ空間で勉強会が出来て俺は幸せ者だと思う。

「龍介はマジでいい奴だった。そんで今日学校来てみたら、髪を切って染め直して様変わりしてたからマジでびびったぜ」

「あ、僕もびっくりしたよ。今の龍介は中身だけじゃなくて外見まで好青年だよね」

二人はニコニコ笑いながら俺を見つめてくる。

こうして友達に外見を変えた事を触れられるのは少しくすぐったい。

「やめてくれよ、恥ずかしいだろ。でもまあ、色々あったんだ」

「何があったのか気になるね。良ければ聞かせて欲しいな、龍介」

「いつか機会があれば話すよ。とにかく変わりたいって思ったんだ、自分の為に、それに
──」

教科書とにらめっこしている真白に視線を向ける。

真白が俺の為に変わってくれたように、俺も真白の為に変わりたい。

彼女の笑顔を守れるように、隣で支えられるような男になりたい。

そしてそんな俺の視線に気付いたのか、真白は顔を上げてこちらを見つめてきた。

澄んだ青い瞳《ひとみ》が俺の視界に飛び込んでくる。吸い込まれてしまいそうな程に綺麗なその眼差しに見惚れていると、不意に彼女は優しく微笑《ほほえ》みかけてくれた。

「龍介、どうかした？」

「えっと……」

どう答えたものかと言葉を詰まらせていると横から西川の声が飛んできた。

「勉強で分かんねえ事があって助けを求めてんじゃねーの、龍介」

「なるほど。では真白せんせーが龍介くんにお勉強を教えてあげましょう」

「真白、数学は得意じゃないって言ってたろ。むしろさっきから教えて欲しそうにちらちら横目で見てたの気付いてたぞ」

「あはは、バレてましたか。では龍介せんせー。この部分の解説をよろしくお願いします」

「仕方ないな、特別だぞ？」

「はいっ、せんせーありがとうございますっ」

嬉しそうにはしゃぐ真白を見て俺も思わず笑ってしまう。

玲央と西川も俺達の様子を微笑ましく見守ってくれていた。

「それじゃあ恭也、ちょっとおしゃべりが過ぎたから僕達も勉強に集中しよう」

「おう。そんじゃあ早速、全教科の全範囲、解説よろしく頼むぜ！　玲央先生!!」

「は、はは……頑張るよ……」

西川は目を輝かせて、玲央は苦笑いを浮かべながら勉強を再開する。

カリカリと紙に文字を書き込む音と教科書をめくる音。

そして俺達の楽しげな声が教室に響き渡っていた。


それから俺達は集中して勉強に励み続けた。

俺は真白に、玲央は西川に、それぞれ苦手な部分を教え込む。

勉強会の最中。どんな内容でも聞かれたら、すらすら教える俺の姿に三人は驚いていた。

特に真白は「龍介ってば教え方がすごい上手！　どんどん頭に入ってくる！」と俺の教え方をべた褒めし、玲央もその様子に感心しながら西川にせっせと勉強を教えていた。

そうして最終下校時間まで続いた本日の勉強会は終わりを迎える。

貴桜学園高校の最終下校時間は8時なので外はもう真っ暗だ。

俺達の他にも学校に残ってテスト勉強している生徒は他にもいたが、それでも最終下校時間まで校舎に残っていた人は殆どいない。

帰り支度を済ませた俺達が空き教室を出て、昇降口に辿り着くまで誰一人として他の生徒に出会わなかったのがその証拠だ。

先に外へ出た真白が空を見上げていた。俺も彼女の隣に立って夜空を見上げる。

「わぁ、星が見えるよ。すっごく綺麗……」

「今日は天気もいいから月もよく見える。こんなに綺麗に見える日はそうないんじゃないか？」

「うん、本当に綺麗。こうやって学校から夜空を見上げる事ってあんまりないから不思議な感じがする。楽しいっ」

「まあ確かに。俺と真白からすると普段は見れない景色だよな」

夜空というキャンバスにちりばめられた宝石のような星達に、俺も真白も見入ってしまう。

その夜空は普段とは違って見えて、不思議な感じがして、いつもよりずっと綺麗に思えた。

二人で並んで夜空を眺めていると、遅れて玄関を出てきた玲央と西川が声をかけてきた。

「僕らは部活でこの時間まで残っている事が多いから、龍介や真白ちゃんみたいに新鮮な気持ちで味わえないのが残念だね」

「夜空なんていつも一緒じゃね？　晴れてるか曇ってるか、他に違いなんてあんのか？」

「恭也はもう少しロマンチックになった方がいいと思うよ……」

「ロマンチックぅ？　おれとは一生無縁の言葉かもしんねえな、それ」

西川の言葉に玲央は肩をすくめながら首を横に振った。

俺と真白は二人の会話を聞きながらくすりと笑う。

そして見つめ合った後、玲央と西川の方に振り向いた。

「玲央、西川。今日はありがとうな、一緒に勉強出来て楽しかったよ」

「わたしもっ！　二人のおかげで今までで一番勉強が捗っちゃいました！」

「龍介と真白ちゃんがそう言ってくれて良かったよ。恭也も今までとは比べ物にならないくらい物覚えが良かったからね」

「おい、玲央。それだと普段のおれの物覚えが悪いみたいに聞こえるじゃねえか」

「うん、否定はしない」

「くっ……このぉ～！」

玲央と西川の心置きなく話し合える様子が羨ましい。

いつか俺も彼らとあんな風になってみたいと心の底から思った。

「そうだ龍介。明日も勉強会をする予定はあるかな？」

「ああ。テストの日まではあそこで真白と毎日勉強するつもりだ」

「なら、その勉強会にまた交ぜてもらう事って出来ないかな？　僕もまだテスト対策は不十分でね、真白ちゃんへの教え方を見ていると僕にも力を貸して欲しいって思うんだ」

「俺なんかで良かったらいくらでも教えるぞ。学年2位の玲央に教えられる事があるかは分からないけど」

「俺なんか、じゃないよ龍介。多分だけど君は僕よりずっと学力は上さ、謙遜しなくていい。だからこれからもよろしく頼むよ」

「玲央からそう言ってもらえるのは嬉しいな。暗記系の教科にちょっと不安が残るから、一緒に勉強出来たら俺も助かるよ」

「ありがとう、じゃあ決まりだね。真白ちゃん、明日からもよろしく頼むよ。恭也も一緒だから仲良くしてくれると助かる」

「はいっ玲央くん。わたしも二人ともっと仲良くなりたいから嬉しいです。西川くんも明日からまたよろしくね？」

「ひゃっ⁉　ひゃいっ……‼」

「あはは。その噛み噛みも一緒に勉強してたら治るかなー？」

西川の緊張しまくりの様子を見て真白は面白《おもしろ》そうに笑っていた。

そうして会話を楽しんだ俺達は学校を後にする。

玲央と西川とも通学路は途中まで同じだったようで四人で仲良く歩き出す。

もう夜も遅いから俺は真白をアパートまで送ってやるつもりだ。

真白は噛み噛みの西川と話すのが楽しいようでずっとからかっているし、西川も真白に絡《から》んでもらえるのが嬉しいようで照れながらも彼女と話していた。

そんな二人の様子を後ろで眺めながら俺は玲央と並んで歩く。

「ふふ、恭也は面白いね。真白ちゃんが相手になるとあの調子だ」

「土曜日に遊んだ時からあんなだよな。真白も友達が増えて楽しそうだ」

「龍介は真白ちゃんと幼馴染なんだよね。憧れるよ、君と真白ちゃんの関係」

「憧れる、か。でも俺は真白に色々と迷惑をかけすぎてるからな。玲央も知ってる通り、俺は素行が悪すぎて何度も心配させたんだ」

「龍介はなかなかの不良として有名だからね。高校に入って同じクラスなのを知った時、凄くびっくりしたんだ。恭也から聞いたんだけど、中学時代はかなり悪かったらしいじゃないか」

「不良っぽい事し始めたのは中二の頃か。それまでは真面目だったんだけど……道を踏み外しちゃってな」

「でも君はその踏み外した道を戻ろうと、必死に努力しているように見えるよ。それを君は行動で示し続けている。まあ今日は流石にびっくりしたけどね、はっきり言って別人に見えた」

「はは……髪を切って黒く染め直して、服装を正しただけなんだけどな」

「それだけでも印象は変わるものだよ。少なくとも僕は、君が不良だったたって事が信じられなくなる程の大きな変化を感じた」

「そうか。それならやっぱり大成功なんだろうな」

「でもさ、一つだけ教えてくれないかい？　急に学校に来るようになった君は、真面目になって授業を受け始めて、こうして見た目も大きく変えた。その理由を是非聞いてみたいんだ」

「そういやまたの機会にって、勉強会の最中はちゃんと答えなかったもんな。そうだな……玲央になら話してもいいかもしれない」

俺は前を歩く真白を見つめる。

そして玲央に向き直ると頬を掻きながら答えを口にした。

「初めは自分の為だったんだけどな。今はもう完全に真白の為だ。あいつを笑顔にしてやりたくて、守り続けたいから、変わりたいと思った」

「真白ちゃんの為に、か。それはまたかっこいい事を言うんだね、龍介」

「玲央、このタイミングで茶化すなって」

玲央の言葉に俺は苦笑いを浮かべる。すると彼は俺をじっと見据えると微笑みかけてきた。

「いや茶化してなんてないよ。本当にかっこいいと思うんだ」

「え……」

「それが口先だけの言葉なら、そうだね。僕は君をからかったかもしれない。でも既に君は行動で示してる。自分を変えようと頑張っている。その姿を見て、その理由を聞いて、かっこいいと思わない人はいないさ」

「……そっか。そう言ってくれると嬉しいよ、玲央」

玲央の真っ直ぐな言葉を聞いて俺は心の底から嬉しく思った。

「龍介、これからも頑張ってくれよ。僕も応援してるからさ……っと。帰り道が一緒なのはここまでみたいだ、僕と恭也はここで失礼するよ」

「ああ。また明日、学校で会おうな」

「うん、明日の勉強会も楽しみにしてる。それじゃあ恭也、一緒に行こう」

「ひゃいっ！　は、はい……！」

「ははっ、真白ちゃんもありがとうね。またよろしく」

「玲央くん、西川くん、またねー！」

離れていく玲央と西川に手を振りながら、俺と真白は再び同じ道を歩き始めた。

「それじゃあ真白。今日もアパートまで送るから」

「ん、ありがとっ。龍介」

街灯だけが照らす薄暗い夜道でも、真白が俺に向けてくれる笑顔は眩しくて可愛くて。

そんな彼女の横顔を見ているだけで明日の学校も頑張れそうな気がする。

歩きながら触れ合う手と手。

気付けばどちらからというわけではなく自然と俺達は手を繋いでいた。

指を絡ませ合い、互いの体温を感じ取る。

隣にいる真白の存在を確かめるように、俺はぎゅっとその小さな手を握り締める。

真白も同じように俺の手を握り返してくれる。

そして彼女は俺を見上げながら言うのだ。

「龍介、これからもずっと一緒だよっ」

「ああ、一緒だ。真白、これからもよろしくな」

「こちらこそ、よろしくお願いしますっ」

真白の無邪気な笑顔。

いつまでも見ていたくなるような幸せに満ちた表情。

俺はこの幸せを守り続けよう。この先も、ずっと。

そう再び決意しながら、俺達は星空の下、歩幅を合わせて歩いていく。

それから俺達は毎日のように放課後になると空き教室で勉強をした。

やはりあれだけ前世で勉強をした甲斐もあって、今回指定されたテストの範囲なら分からない所がない、というくらいにまで俺は理解度を深める事が出来ていた。

唯一不安だった暗記系の問題も、やはり一度覚えた事があるからだろうか。忘れていた箇所を復習すると、すっと頭の中に染み込んでいくように内容を覚え直す事が出来ている。

真白もテスト期間中にめきめきと学力を付けているのが見て取れた。

彼女は『龍介の教え方が上手だからっ』と俺を褒めてくれるし、それが嬉しくて俺もどんどん勉強にのめり込んでいく。

元から真白は頭が良い。今回の勉強会で苦手だった数学も乗り越える事が出来たようで、学年上位に食い込めるのではないかと思える程だ。

玲央は中間テストで学年2位という事もあって流石だ。

俺と同じで分からない所がない、というレベルで全ての範囲を網羅していた。

互いに問題を出し合いながら勉強しているのだが、それがかなり良い刺激になったのだ。

今回のテストに向けてお互いにどちらが良い点を取るかライバル意識も芽生えていく。

より一層の勉強へのやる気にも繫がっていった。

西川は勉強が苦手だからと途中でさじを投げ出しそうになったのだが、玲央から「赤点を取ると夏休みに補習があって、バスケ部の夏合宿に参加出来なくなるけどそれでもいい?」と言われた直後、机にかじりつくように勉強をし始めた。

よっぽどバスケが好きなんだろうな。

そしてその好きを原動力にしてぐんぐんと実力を伸ばしていった。

あの様子なら赤点を取る事はなさそうで一安心だ。

そして、遂に迎えたテスト当日――。

始業前の教室で俺は席に着いていた。

窓際の一番後ろの席に視線を向ければ、布施川頼人が難しい顔をしているのが見えた。

「東條宏にだけは負けられない……。美雪先輩の為にも絶対勝つんだ」

布施川頼人は東條宏と期末テストの結果で戦う事になっている。

生徒会長であり学園一の才女である桜宮美雪の隣にいても釣り合う存在でいたい。

それを証明してみせるんだと、今まで以上に気合が入っているようだ。

花崎優奈と姫野夏恋の二人は緊張している布施川頼人を勇気付ける為に言葉をかける。

「布施川くん、大丈夫です。今まで私達といーっぱいお勉強を頑張ったじゃないですか」

「そうよ、頼人！　みんなで頼人のお家で集まって、あれだけ勉強したんだから！　頼人なら絶対に大丈夫よ！」

「ありがとうな。優奈、夏恋。それに玲央にもお礼を言っておかないとな。今回のテストに向けてあいつも力になってくれた」

「はい。前回の学年1位の私と学年2位の木崎くん、それに幼馴染の夏恋さんも布施川くんを応援してくれています。だから心配はいらないですよ」

「そうだな……俺なら絶対に出来る！」

「その意気だよ、頼人！」

「布施川くん、頑張ってくださいねっ」

「ああ、頑張るからな！　みんなの応援を力に変えて、このテストで俺は絶対に……！」

力強い言葉と共に布施川頼人は瞳を輝かせた。

これから訪れるテストを攻略する為に燃えている様子。この調子なら彼は原作通りに学年1位という快挙を成し遂げて、立《た》ち塞《ふさ》がる困難を乗り越えていくだろう。

（頑張れよ、布施川頼人）

俺は心の中でエールを送りながら、手汗の滲《にじ》む拳《こぶし》をぐっと握り締める。

布施川頼人も緊張している様子だったが、俺も今までにない程の緊張を感じていた。

俺は変わった。

真面目で誠実である事を心掛けて、少しでも周囲の人間から信頼してもらえるように努めた。

けれど学園の殆どの生徒は、今も俺に向けて警戒の眼差しや敵意の視線を向けてくる。

この期末テストはそんな周囲の評価を変え、信頼を取り戻す為の戦いだ。

悪役の不良キャラには決して不可能な学年上位という成績を勝ち取り、俺が真面目で誠実な人間に変わった事を知ってもらいたい。学園の嫌われ者である悪役ではないと分かって欲しい。

だから失敗出来ない。ここで失敗してしまえば俺は学園から孤立したまま、悪役の烙印《らくいん》を押された生活を続けなければならないだろう。

悪役の運命を覆す事は出来ないのだと、それを思い知らされる結果に終わってしまう。

その不安が俺を今まで以上に緊張させていく。

震える拳、強張る体。負の感情が俺の心臓を締め付ける。

その時だった――。

「――龍介」

声が聞こえた。

それは聞き覚えのある声、何度も何度も俺はその声に救われた。

ゆっくりと顔を上げると、そこには真白が立っていた。

笑顔を浮かべて温かな声で俺の名を呼ぶ彼女は、震える俺の手を取って優しく包み込むように握ってくれた。

そして。

「大丈夫だよ、龍介。そんな緊張しなくていいんだよ。あなたはずーっと頑張ってきた、凄い人なんだもん。わたしが保証するよ」

真白はそう言ってくれた。

そうだ、俺はずっと頑張ってきた。

前世でも、この世界でも、自分らしく生きる為に必死に足掻《あが》いて、ここまでやってきたんだ。

そして真白は、俺を信じてくれている。俺を傍でずっと見守って、背中を押してくれる。

俺は真白の顔を見て、大きく息を吸って、吐く。

「ありがとう、真白。頑張るよ、俺」

「うんっ。心配で見に来て良かった。朝から龍介、緊張してた感じだったから」

「だな、正直昨日の夜から不安で仕方なかった」

「そっか。じゃあもう安心した？」

「真白を見てたら不安なんて全部吹っ飛んだよ。ありがとな、真白。応援してくれてさ」

「ふふっ。わたしだけじゃないよ？　ほら、龍介ってば集中してて気付かなかったかもだけど、二人共応援しに来てくれてるんだからっ」

「二人共？」

俺は真白の向ける視線の方へと振り返る。

そこには笑顔を浮かべて俺を見つめる玲央と西川の姿があった。

「やあ龍介。凄く緊張してるみたいだから、僕もテストが始まる前に声をかけてあげようと思ってさ」

「おれも別教室から飛んできてやったぜ。今回のテスト勉強はお前にも世話になったからよ」

「玲央、西川……」

二人の名前を呼んだ瞬間、とんっと肩を叩かれる。

振り向くと俺を勇気付けるように真白が笑顔を浮かべていた。

「わたし達応援してるよ、龍介の事。あなたなら絶対に出来るって」

「龍介、今までの頑張りを全部テストにぶつけるんだ。君なら出来る」

「ゲームだけじゃなくてテストの成績でもかっこいいところ見せてくれよな！　龍介！」

ああそうか、俺にはお前らがいてくれる。かけがえのない人達が、大切な仲間がいてくれる。

だから俺は頑張れるんだ。

俺は主人公じゃない、ただの脇役《わきやく》だ。

けれど、そんな俺でも信じてくれる人がいる。力を貸してくれる仲間がいる。

玲央が、西川が、そして真白が教えてくれた。俺なら出来ると背中を押してくれた。


信じてくれる仲間達の想いを胸に。

どんな逆境でも乗り越えると誓った勇気と。

今までひたすら積み上げてきたこの努力で。

——俺は悪役という運命に立ち向かう。

そして、その時はやってきた。

教室に現れた先生によって問題用紙と解答用紙が配られていく。

ざわついていた教室は静かになっていき、生徒達の緊張感も高まっていく。

俺もこれから始まる戦いへの緊張はあるけれど恐怖はない。

あるのはただ、前向きな気持ちだけだ。必ず出来るという確信が、俺の中にあるのだから。

テスト開始を告げるチャイムと共にペンを取る音が聞こえ、こうして俺の期末テストという戦いが始まった。

クラスメイトが問題に集中している中、俺はふと顔を前へと向ける。

テスト中の席順の関係で俺は後ろから布施川頼人の様子を見る事が出来た。

彼は絶好調だった。

問題用紙が配られてチャイムが鳴った後から、彼が走らせるシャーペンは決して止まらない。

次々と問題を解いていくのが後ろ姿から見て取れた。

そして決して油断する事はなかった。

凡ミスがないよう徹底的に問題と解答を見直しているようだった。

流石は主人公だ。

ここぞという時の集中力は常人のそれじゃない。

東條宏という悪役を倒す為に間違いなく主人公として覚醒《かくせい》している。

（俺も負けていられないな）

ひたむきに努力して世の中の理不尽に立ち向かう布施川頼人の姿に俺は勇気を貰《もら》う。

前世の社畜時代もそうだった。

毎日仕事に追われて、理不尽で横暴な上司や取引先に虐げられて、帰りの電車内ではいつも疲れ果てて窓の外を眺める事しか出来なかった。

そんな時に出会ったのが『ふせこい』で、俺と同じように理不尽な運命に苦しみながらも、それでも必死になって困難を乗り越えていく主人公の姿を見て勇気を貰っていた。

今もそんな主人公の姿を見て、俺も頑張らなくてはと奮い立たせられる。

俺も悪役という理不尽な運命に負けていられないのだ。

今まで積み上げてきた努力を武器に、俺は一つ一つ問題を丁寧に解いていく。

テストの準備期間中から徹底的に復習した事もあって、俺が前世で得た知識は全て戻ってきていた。それをテストの範囲だけに集中させて、より鋭く研ぎ澄ませた。

解けない問題はない、必ず正解を導き出せる。

ひたすら目の前の問題に集中し解き続け、ミスがないよう問題と答えをチェックする。

俺も驚異的な集中力を発揮していた。

その集中力を後押しするのは仲間達の応援だ。

頭の中に浮かび上がる玲央と西川の姿、そして真白の眩《まばゆ》い笑顔が俺に力を与えてくれる。

俺は満ち溢れる希望を胸に抱き、望む未来を夢見て、次々と問題を解いていく。

解答用紙に答えを書いていく俺の手は止まらない。

どの教科も全部解けている、自信を持っていい。テストの出来に不安はない。

真白、玲央、西川。

待っててくれよ、俺は必ずみんなの期待に応《こた》えてみせるから――。

◆

――数日間にわたったテストという戦い。

その結果は金曜日の放課後、廊下に張り出されていた。

必死になりすぎたせいで、テスト当日の事はよく覚えていない。ただひたすら問題と向かい合い、俺は前世を含めた今までの全てをぶつけて答えを導き出した。

廊下に張り出された上位成績者の名前が書かれた二枚の大きな紙。

それを眺めながら、俺は拳を強く握り締める。

隣で楽しそうな会話が聞こえた。

明るく弾んだ声だった。でもそれは俺に向けられたものじゃない。

「布施川くん、すごいです。こんな好成績を残すなんて」

「すごいじゃない頼人、あたし見直しちゃった」

「頼人さん。わたくしからも言わせてください。あなたの努力は間違いなく実を結びました、おめでとうございます」

「ああ。俺もこんな良い成績を残せるなんて夢にも思わなかった。みんなのおかげだよ、本当に感謝してる」

「頼人、もっと褒めなさい？　あたしにいっぱい感謝しなさい？」

「夏恋はどっちかっていうと教えてもらう側だったろ？」

「ふふ、布施川くん。そうは言ってもテスト期間中の姫野さん。とても頑張っていましたよ。布施川くんの為に苦手な勉強に向き合っていましたし」

「そっか。そうだよな、優奈。ありがとな、夏恋」

「べっ、別にあんたの為とかじゃなくて……あーもう、あんたが喜んでるならそれでいいわ」

「ふっ、照れてる夏恋は可愛いな」

「ちょっ⁉　急に何言い出すのよ⁉」

「さあてどうしてだろうな」

繰り広げられる主人公とヒロイン達のワンシーン。

それは主人公がヒロイン達と共に大きな壁を乗り越えた瞬間だった。

俺はその眩い光景に目を細めながら、張り出された順位表を再び見上げる。

張り出されたその紙にずらりと並ぶ上位者の名前。

一番上に輝くのは布施川頼人の名前。

その下には花崎優奈、そして木崎玲央の名前が並んでいる。

上位十名の中に真白の名前があったのには驚いた。

テスト準備期間中の俺との努力が実を結び、彼女もまた学年上位に名を連ねたのだ。

そしてテスト対決を挑んだ東條宏は慢心しすぎた結果か、前回よりも順位を落として8位という結果に終わる。

布施川頼人は東條宏を圧倒的な点数で打ち負かし、生徒会長である桜宮美雪に釣り合う人間だという事を証明した。

それに学園一の才女である桜宮美雪にも認められて、彼らはより親密な関係となっている。

主人公達の表情は明るい。今までの努力が報われた喜びを分かち合っていた。

(本当によかったな、布施川頼人……)

テスト中の主人公の背中を見て、俺は心からそう思っていた。

悪役の俺なんかに心配される謂《いわ》れなんてないかもしれないが、それでも俺はあいつを応援したかった。胸に込み上げてくる熱はきっと安堵《あんど》の気持ちから来るものだろう。

それから布施川頼人はヒロイン達を連れて廊下を離れようとする。

原作通りなら布施川頼人はこのまま帰って自宅でヒロイン達とパーティーを開く。

これまで一緒にテスト勉強を頑張ってきたヒロイン達と共に楽しい時間を過ごすのだ。

そうして彼らの後ろ姿を眺めていると、布施川頼人が俺の方へと振り返ったのだ。

それは原作にはなかった展開で俺は目が合った瞬間に首を傾《かし》げる。

すると布施川頼人はぐっと親指を立てて満面の笑みを浮かべて言った。

「――凄いじゃん、進藤」

それだけ言うと彼はすぐにヒロイン達を連れてこの場を去っていった。

一人残された俺はぽかんと口を開きながら立ち尽くし、やがて口元に手を当てて小さく笑う。

今までは悪役である俺に対して、主人公である彼が笑いかけてくるなんて事はなかった。

けれどこの期末テストを通じて、布施川頼人は少しだけ俺に歩み寄ってくれたらしい。

この小さな積み重ねが悪役の運命を覆す大きな力となってくれる事を願いながら、俺が少し先を歩く主人公達の背中を温かな気持ちで見送っていた時だった。

「龍介ーっ！」

すごい勢いで走ってきた真白が俺に飛びついてきた。

満面の笑顔を浮かべながら真白は俺を見上げて、ぎゅっと抱き締めてくる。

あまりの勢いに押し倒されそうになったが、流石は鍛え上げられた俺の体だ。

何とか堪《こら》えて受け止めてやった。

「お疲れ様っ、龍介！　学校中で話題になってるよ！　頑張ったね、えらいね！　すごいね！」

「ありがとうな、真白。お前も凄いじゃないか、学年で7位だってさ」

「ほんとっ⁉　わっ、この順位表すごいよ！　わたし7位だって！　夢見てるみたいっ！」

「ああ、凄いな、よく頑張ったな」

「うんっ！　これも全部龍介のおかげだよ！　本当にありがとうねっ！」

「そう言ってもらえて嬉しいよ。俺も頑張って教えた甲斐があった」

俺は真白の頭を優しく撫でる。すると彼女は嬉しそうにふにゃりと頬を綻ばせた。

そして目を細めた真白は俺の胸元《むなもと》に顔を埋める。

俺はそんな真白を愛おしく思いながら、彼女の柔らかな黒髪を優しく撫で続けた。

しばらくそのままの状態でいると、今度は玲央と西川がやってくる。

「お疲れ様、龍介。今回のテスト、凄かったね。結果は聞いたよ」

「まあな。玲央も凄いじゃないか。学年4位だ、流石だな」

「点数は前回の中間テストと殆ど同じなんだけどね。やっぱり予想はついてたけど順位は下がってしまった。上の三人がちょっと凄すぎたかな」

「布施川はいいのか？　先に帰ったみたいだけど」

「実は明日、頼人から人気のラーメン屋で奢ってもらう約束を既に取り付けていてね。今日のところは花崎さん達に譲る事にしたんだよ」

「そうか。それならいいんだ」

「ともかく龍介。君は頑張った、この結果は胸を張っていい」

「ありがとうな、玲央」

ぽん、と俺の肩を叩いて玲央は爽やかな笑顔を浮かべた。

その横で西川が大興奮な様子で話しかけてくる。

「龍介、聞いてくれよ！　俺もなんとびっくり99位！　初の二桁《けた》順位だ、すげえ嬉しいぜ！」

「西川も頑張ってたもんな。赤点回避出来てバスケ部の練習に集中出来るじゃないか」

「おうよ！　でも今日は顧問に休みにしてもらったんだ、龍介のお祝いがしたくてな！」

「うん、僕もさ。龍介の事を祝いたくて休みにしてもらった。大会もまだ先だしね、みんな快く送り出してくれたよ」

「そうか、二人共……俺の為に」

「二人だけじゃないよ。わたしも龍介のお祝いしたい！　いっぱいご褒美あげたいっ！」

「真白からのご褒美か。それ、期待してもいいかな？」

「もちろんっ。頑張った龍介にいーっぱいご褒美してあげるっ」

みんなが俺のテストの成績を褒め称《たた》えてくれる。

俺はそれがたまらなく嬉しかった。

そしてもう一度、俺は順位表を眺める。だがそれはさっきまで見ていたものではない。

その隣に貼《は》り付けられたもう一枚の紙の方だ。

そこには大きな文字でたった一人の生徒の名前が書かれていた。

それは最も優秀な成績を残した生徒の栄誉を称え、学校中に知らしめる為のもの。

学年1位、全教科満点。

その多大な功績を成し遂げた生徒の名前が、大きな文字ではっきりと刻まれている。


——進藤龍介。


他の誰でもない、俺の名前がそこにあった。

そう。廊下に張り出されていた順位表は二枚あった。

一枚は2位から上位50名を。

もう一枚は学年1位という成績を残した生徒を称える為だけに用意されている。

そしてその学年1位に名を刻んだのは俺だったのだ。

物語の主人公ではない、ただの脇役の——悪役の俺が摑み取ったもの。

俺を信じてくれる仲間がいたから、積み上げてきた努力があったから、どんな逆境でも乗り越えると誓った勇気があったから。

何より——。

「龍介、本当に、本当におめでとうっ！」

――真白の笑顔があったからだ。

だからここまで来れた。

俺は悪役という運命に抗う事が出来た。

この喜びを分かち合う事が出来たのだ。

無邪気に笑う真白。

爽やかな笑みを向ける玲央。

弾《はじ》けるように笑う西川。

その笑顔につられて俺も笑顔を浮かべる。

そこには誰もが羨む眩い光景が広がっていた。

この瞬間こそが俺の求めていたもので、それを手に入れる為に俺は戦ったのだ。

「みんな、一緒に帰らないか？　俺、みんなとたくさん話がしたいんだ」

「もちろんいいよっ。ねね、何処に行こっか？　ファミレスとかにする？」

「いいね、ファミレス。真白ちゃんの案に賛成だ」

「俺は龍介の好きな所でいいぜ！　とことん付き合ってやるよ！」

俺の大切な人達は笑顔を浮かべて答えてくれる。

それが嬉しくて、俺もまた笑ってみせた。

ありがとう、みんな――。

エピローグ　epilogue

夕焼けに染まった街並みを四人で歩く。

いつも通りの帰り道、だけどそれは俺《おれ》にとって特別なものだった。

俺の隣には真白《ましろ》がいる。玲央《れお》と西川《にしかわ》もいる。

俺はそんな当たり前の幸せを噛《か》み締《し》めながら歩いていた。

そうしてゆっくり歩いていると玲央が西川に話しかける。

「恭也《きょうや》、また部の備品持ってきたのかい？　バスケットボール、これからファミレスに行くなら邪魔になるんじゃないかい？」

「駄目だぜ、玲央。部活は休んだけどボールには触っておきてえ。ボールがないとどうにも落ち着かないしな」

「まったく君は……」

「大丈夫だって、明日にはちゃんと部室に置いとくしよ。文句なし、今日は龍介《りゅうすけ》のめでたい日だからな」

「そうだね、今日くらいは大目に見てあげるよ」

西川は肩に担《かつ》いでいたボールを下ろした。

玲央は呆《あき》れながらも優しい眼差《まなざ》しを向ける。

そんな二人のやり取りを見て、俺と真白はくすりと笑ってしまう。

「ねえねえ、龍介。ファミレス行くって話だったけど、この前の喫茶店に行くのはどう？」

「あのラテアートが可愛《かわい》いところか？」

「うんっ。多分玲央くんも西川くんも喜んでくれるし、ラテアートで店員さんに龍介のお祝いスペシャルをお願い出来ないかなーって」

「はは、俺の為のスペシャルラテアートか。それもいいな」

「じゃあ決まりね。みんなで行こうよ！」

「真白ちゃん、僕も賛成だよ。そのラテアートに興味があるからね」

「らてあーとって何だ？　食い物なのか？」

「カフェにある飲み物の事でね。注文すると絵を描いてくれて楽しめるんだ」

「へぇ、おもしれーじゃん、おれも頼んでみてえ。バスケットボールでも描いてもらおうか」

「西川くんって本当にバスケが好きだねー。きっと頼んだら描いてくれると思うよ」

「ひゃっ、ひゃひゃっ！　真白しゃ、ん！　楽しみでしゅっ……！」

「あはは、西川くんまた噛み噛みーっ」

西川の反応に俺達はまた笑い合う。

本当に楽しかった、ありふれた街並みが、この世界中のどの絶景より輝いて見えた。

そうして俺達は以前に訪れた喫茶店に向けて歩き出す。

その途中で近くに大きな公園が見えた時、西川がドリブルしながら立ち止まった。

「なああ。もうちっと時間あるしさ、あそこの公園でバスケしていかね？　ほら、コートも見えるじゃん？」

「恭也、休みにしたのにバスケしたくてたまらないんだね。まあ僕も久しぶりに龍介とバスケしたいから構わないけど」

「俺もやっていきたいな。テスト勉強でこもりっぱなしだったし、汗をかいてすっきりしたい気分だ」

「わたしもやるっ！　こう見えても小学生の頃は女バスでレギュラーだったんだよ？」

「真白ちゃんも経験者なんだ。いいね、それなら２ｏｎ２でやろうか」

「わーいっ！　それじゃあチーム分けしようよ！　くじ引きで公平にっ！」

西川の提案に同意して俺達は近くの公園に足を踏み入れる。

夕焼けに染まった公園内は人気がなく静かで時折吹く風が気持ち良かった。

俺達が荷物をベンチに置いていると、真白はスマホのアプリでくじ引きをしているようだ。

画面に表示されるのは俺と真白、玲央と西川のチーム分けだ。

「という事で公平にチーム分けが決定しました！」

「公平って真白……バリバリのバスケ部二人と、帰宅部コンビの対決じゃないか……」

「くじ引きの結果は絶対です。わたしと龍介で頑張りましょー」

「いいね、龍介。体育では同じチームだったけど、実は君と勝負したいと思ってたんだ」

「へへっ、玲央と同じチームなら負ける気はしねえな。現役《げんえき》バスケ部の実力、見せてやるぜ」

瞳《ひとみ》を輝かせてやる気を見せる玲央と西川に俺は苦笑する。

だがこっちだって無策に戦うつもりはない。真白が味方にいるというのなら現役バスケ部の一人を完封する方法を既に見出しているからな。

「真白。足はもうばっちりだよな？」

「ばっちりだよ。すっかり治って準備万全ですっ」

「それを聞いて安心した。それじゃあ真白は西川のマークに付いてくれ。あいつを徹底的に封じ込めるんだ」

「あ、なるほどね！　任せて！」

にひひと無邪気な笑みを見せると、真白は元気よく西川の前に立った。

「えへへ、西川くん。わたしがばっちり止めちゃうよ？」

「ひょっ!?　ま、真白しゃん……ッ!?」

「くっ……龍介、やるね。確かに恭也は真白ちゃんを前にしたら、極度にアガってバスケどころじゃなくなる……っ！」

「ふふ、玲央。悪く思うなよ、これもお前達に勝つ為の戦略ってやつさ」

「仕方ない。負けないからね、龍介！」

「おう！　勝負だ！」

こうして俺達の放課後バスケが始まった。

夕焼けに染まった公園でドリブルする音が響く。

俺達四人は汗を流してバスケットボールを追いかける。

それは楽しすぎて時間を忘れる程で、俺達は無我夢中にコートを駆け回った。

眩《まばゆ》い青春の１ページに照らされながら——俺はこの世界に転生した時の事を思い出す。

初めは戸惑いしかなかった。

どうすれば良いか、俺の進むべき道は霧がかかったように見通せない。

だけどそんな俺に手を差し伸べてくれた人がいた。

隣に立って一緒に前へ進んでくれる人がいた。

大切な人達の想《おも》いと、今まで積み上げてきた努力、どんな逆境でも乗り越えると誓った勇気で、俺は期末テストで学年１位となって幸せを摑《つか》み取る為の第一歩を踏み出した。この世界から与えられた悪役という運命を真っ向から打ち破った。

それでも俺を敵視する目はまだまだ多い。

これから『ふせこい』の物語は夏休み編に突入して、主人公はヒロイン達と素敵な時間を過ごして、たくさんの想いと絆《きずな》を育んでいく。

悪役である俺にはそこでもきっとたくさんの困難が立《た》ち塞《ふさ》がってくるだろう。けれど決して挫《くじ》ける事なく、胸を張って大切な人達と夏の思い出を紡《つむ》いでいくのだ。

みんなでキャンプに行ってバーベキューを楽しんで、夏の海辺は暑いだろうけど真白と一緒に水着デートだってしてみたい。

夏祭りに出かけたら玲央と西川と一緒に屋台を回って買い食いしたり、真白を楽しませる為に射的の景品を撃ち落としまくったりしてさ。

そんな眩い夏休みの始まりを予感しながら、俺は笑顔を浮かべる真白を見つめた。

「真白！　パスだ！」

「うん！」

西川の横を抜けながら真白は俺に的確で鋭いパスを放った。

あの玲央ですら反応しきれず、そのボールは見事に俺の手の中に収まる。

そして真白に向けて頷《うなず》いた。

真白も俺を信じて頷き返す。

「真白、ありがとう！」

「頑張って、龍介っ！」

俺はこの二度目の人生で、最高の青春を、ハッピーエンドを掴み取る。

大好きな真白の笑顔を守り続ける為に。

その願いと共に放った俺のロングシュートは、掠《かす》る事なくリングの中に吸い込まれてゴールネットを揺らした。

あとがき

あとがきを読んでいる皆様、はじめまして。そらちあきです。

この作品を手に取って頂き、ありがとうございます。

ラブコメの悪役に転生した俺《おれ》は、推しのヒロインと青春を楽しむ。

龍介《りゅうすけ》くんと真白《ましろ》ちゃんという二人の悪役が紡《つむ》ぐ恋の物語、楽しんで頂けましたでしょうか？

本作は他ジャンルで大人気な悪役転生を現代ラブコメに落とし込んだ作品です。

実はこの作品を書き始める前、意外にも現代を舞台にしたラブコメで悪役転生を扱っている作品はほとんどありませんでした。

異世界ファンタジーや女性向けのラブロマンスなどではよく見かけるのですが、現代を舞台にしたラブコメとなると本当に数える程しかありません。

しかし！　私はどうしても悪役転生を題材にした現代ラブコメが読みたかった！

悪役という不遇な運命を背負いながらも、前世の知識を駆使して破滅の未来を覆す爽快感を現代ラブコメでも味わいたかった！　しかも一対一の純愛系の甘酸っぱい青春ものを！

その願望を叶《かな》える為にネットの海を泳ぎ続けましたが理想の作品は見つかりません。

それなら自給自足するしかない。そう思い立った私は筆を取ります。

そしてネットで連載を始めたところ、ありがたい事に多くの読者様にお読み頂き、書籍化の打診を頂きました。しかも書籍化を打診してくださった出版社様が以前からずっと憧《あこが》れを抱いていたGA文庫様という奇跡的な展開。私は本当に天にも昇る気持ちでした。

ですが私は小心者で疑《うたぐ》り深い性格です。

『本当に現実か？　実は夢オチじゃないのか？』と疑心暗鬼になり、さながら悪役に転生した直後の龍介くんのように、自分の状況を確認しようと私は何度も頬《ほお》をつねりました。痛い。

それから頬が腫れたまま編集部の方と直接電話でお話しし、ハバネロちゃんというとても辛そうな名前の方との改稿作業がスタートします。

何度も何度も改稿作業をやり直し、ああでもないこうでもないと打ち合わせを繰り返し、そうして無事に納得のいく最高の原稿を読者様にお届けする事が叶いました。

Ｗｅｂ版の『悪役だって青春したい』というタイトルだけでなく中身も大きく変わり、悪役という不遇な運命を背負いながらも大切な人と共に青春を謳歌《おうか》する龍介くんの物語が、この度一冊の本として皆様にお届け出来た事を本当に嬉《うれ》しく思います。

それでは最後になりますが、お世話になった皆様に御礼の言葉を。

出版するにあたりご尽力頂きました編集部の皆様、私の原稿に貴重なアドバイスをくださったハバネロちゃん様、素晴らしいイラストを描いてくださったｍｍｕ様、販促してくれた営業部の皆様、文章を直してくれた校正様、この作品を本にしてくださった印刷所の皆様。

そしてこの作品を手に取って頂いた読者の皆様に最大級の感謝を。

ファンレター、作品の
ご感想をお待ちしています

〈あて先〉

〒105-0001
東京都港区虎ノ門2-2-1
ＳＢクリエイティブ（株）
GA文庫編集部 気付

「そらちあき」係
「mmu」係

本書に関するご意見・ご感想は
右の QR コードよりお寄せください。

※アクセスの際や登録時に発生する通信費等はご負担ください。

https://ga.sbcr.jp/

本書は、カクヨムに掲載された
『ー悪役だって青春したいー ラブコメに出てくる【悪役の不良キャラ】に転生してしまった俺ですが、頑張って主人公よりも幸せな青春を送りたいと思います』
を加筆修正、改題したものです。

ラブコメの悪役に転生した俺は、推しのヒロインと青春を楽しむ

発　行　2024年8月31日　初版第一刷発行
著　者　そらちあき
発行者　出井貴完

発行所　SBクリエイティブ株式会社
〒105-0001
東京都港区虎ノ門2-2-1

装　丁　AFTERGLOW

印刷・製本　中央精版印刷株式会社

ISBN978-4-8156-2580-1
Printed in Japan　GA文庫

ラブコメの悪役に転生した俺は、
推しのヒロインと
青春を楽しむ 2
次なる舞台は夏休み！
水着姿の真白に釘付け！
夏祭りで金魚すくい！
そして遂に、
布施川君とのビーチバレー対決!?
悪役がおくる、
青春やり直しの夏は、
高鳴る胸が止められない！
第2巻 2025年冬ごろ発売予定